dtv
Reihe Hanser

Emmy Abrahamson

Widerspruch zwecklos
oder
Wie man eine polnische Mutter überlebt

Roman

Aus dem Schwedischen von
Anu Stohner

Deutscher Taschenbuch Verlag

Die Übersetzung dieses Buches wurde durch
Statens kulturåd/The Swedish Arts Council gefördert.

Das gesamte lieferbare Programm der *Reihe Hanser*
und viele andere Informationen finden Sie unter
www.reihehanser.de

Deutsche Erstausgabe 2013
2. Auflage 2013
© Emmy Abrahamson 2011
Titel der Originalausgabe:
›Min pappa är snäll och min mamma är utlänning‹
(Rabén & Sjögren, Stockholm 2011)
Alle Rechte der deutschsprachigen Ausgabe:
© 2013 Deutscher Taschenbuch Verlag GmbH & Co. KG
Published by agreement with Rabén & Sjögren Agency
Umschlaggestaltung: gray318
Satz: Fotosatz Amann, Aichstetten
Druck und Bindung: Druckerei Kösel, Krugzell
Gedruckt auf säurefreiem, chlorfrei gebleichtem Papier
Printed in Germany · ISBN 978-3-423-62548-7

Für meine Eltern –
für ihre Zuwendung, ihre Verrücktheit und
ihre unendliche Unterstützung

1

Ich finde das klingelnde Telefon unter einer Tüte mit alten Socken.

»Hallo, Alicja hier.«

Es herrscht Stille, als hätte die Person am anderen Ende nicht damit gerechnet, dass jemand drangeht.

»Alicja?«

Ich höre an Aussprache und Stimme, dass es eine der sieben Schwestern meiner Mutter sein muss. Schon ihre absurd große Zahl sollte sie zu der Einsicht bringen, dass sie sich besser mit Namen melden würden, trotzdem tun sie es nie. Stattdessen spielen wir das Rate-welche-Tante-dran-ist-Spiel.

»Jadwiga?«, frage ich, auf die Schwester tippend, die meiner Mutter nach ihrer Lieblingsschwester Halina am nächsten steht.

Jadwiga lebt in Deutschland und ist mit Klaus-Günter verheiratet, der unter einer Bazillenphobie leidet und keine Türklinke ohne Taschentuch anfassen kann. Als sie uns das letzte Mal besucht haben, wollte er nicht mit mir im selben Zimmer bleiben, weil ich erkältet war.

»Alicja, *kochana*.«

Kochana heißt auf Polnisch »meine Liebste« und lässt mich erstarren. Ich habe das Mitleid in ihrer Stimme gehört und weiß, dass unser Gespräch zu nichts Gutem führen wird.

»*Co u was słychać?*« – *Was gibt's Neues bei euch?*, frage ich in dem verzweifelten Versuch, das Fürchterliche, das unweigerlich kommen wird, noch etwas hinauszuzögern.

Stille am anderen Ende. Und dann wieder Tante Jadwigas Stimme: »Urin.«

Ich sage nichts.

»Ich habe von deinem Problem gehört«, fährt Tante Jadwiga auf Polnisch fort.

»Welchem Problem?«, frage ich leise.

In einem rasenden Gedankenwirbel gehe ich die tausend Dinge durch, die Mutter ihrer Schwester erzählt haben könnte.

»Dass deine Haut so schlecht ist.«

Ich spüre, wie ich rot werde. Stimmt, ich habe ein paar Pubertätspickel, aber Tante Jadwiga klingt, als wäre ich der Elefantenmensch.

»Quatsch, bei mir ist alles in Ordnung«, sage ich mit einem etwas zu lauten Lachen. Ich habe versucht, so normal wie möglich und vor allem wie jemand mit seidenglatter Haut zu klingen. Es kann doch nicht so schwer sein zu verstehen, dass ich darüber nicht reden will, mit ihr nicht und auch mit sonst niemandem.

Ich höre Jadwiga seufzen.

»Marek hat auch Pickel. Sein Gesicht sieht aus, als wäre er in Erdbeermarmelade gefallen.« Marek ist mein gleichaltriger Cousin in Polen. »Das Einzige, das wirklich *Einzige*, was hilft, ist, das Gesicht mit Urin zu waschen.«

»Mhm«, antworte ich.

»Einmal morgens und einmal abends, bevor du schlafen gehst.«

»Mhm.«

»Mindestens einen Monat lang.«

»Moment ...« Ich tue so, als hörte ich etwas im Zimmer nebenan.

»Aber du darfst es nicht vergessen. Wenn du es auch nur *ein Mal* vergisst, nutzt es gar nichts.«

»Ja ...?« Ich tue so, als antwortete ich jemandem im Zimmer nebenan.

»Jemand ruft nach mir«, sage ich. »Tut mir leid. Aber danke für den Rat. Und grüß Onkel Klaus-Günter! – *Pa!*«

Ich halte das Telefon in der Hand und spüre, wie alles in mir kocht. Im Geist notiere ich mir eine weitere Regel, die hilft, eine polnische Mutter zu überleben:

234 Akzeptiere, dass steinalte und deinen normalen Mitmenschen vollkommen unbekannte polnische Hausmittel besser sind als alle noch so wissenschaftlich erprobten Heilmittel, die du in der Apotheke kaufen kannst.

Meine bisherigen knapp sechzehn Lebensjahre waren voller solcher Hausmittel. Da waren Glasglocken, die sich an meinem Rücken festsaugten, Zwiebelstückchen, die man mir im Alter von drei Jahren gegen Würmer in den Hintern steckte, Kupferarmbänder, die gegen elektromagnetische Strahlen helfen sollten, mir aber nur die Arme grün färbten, und grässlicher stinkender Zwiebelsaft mit Zucker, der dafür sorgte, dass ich beim Husten gleichzeitig würgen musste. Zuletzt musste ich ein halbes Jahr mit halbierten kleinen Gummibällen in den Schuhen herumlaufen, weil das angeblich gegen Plattfüße hilft.

»*Jak mogłaś?*« – *Wie konntest du nur?*, sage ich, als ich den Tränen nahe in die Küche stürme. Von klein auf haben mein Bruder Rafał und ich mit Mutter Polnisch und mit unserem Vater Schwedisch gesprochen. Mutters Methode, uns Polnisch beizubringen, bestand darin, sich, wenn wir Schwedisch mit ihr sprechen wollten, taub zu stellen.

Jetzt schaut sie von dem altmodischen Fleischwolf auf, in den sie undefinierbare Brocken Fleisch stopft. Sie befindet sich gerade in einer Hennaphase, ihre Haare sind rostrot und schulterlang, die Nägel hat sie metallicblau lackiert, und an beiden Handgelenken klimpern Silberarmbänder – eine schöne exotische Kartenlegerin, die weiß der Himmel was durch einen Fleischwolf kurbelt.

»Wie konnte ich *was*?«

»Wie konntest du Tante Jadwiga sagen, dass ich Pickel habe?«

Sie kurbelt weiter.

»Aber du *hast* Pickel«, sagt sie. »Ich musste ihr gar nichts sagen. Sie hat es auf den Fotos gesehen, die ich ihr geschickt habe.«

Ich stehe da, mein Herz klopft bis zum Hals, und ich weiß nicht, ob ich sagen soll, was ich jetzt am liebsten sagen würde: Dass sie endlich verstehen soll, dass es Dinge gibt, über die ich nicht so gut reden kann. Und dass a) meine Haut, b) mein ein bisschen kleiner Busen, c) meine großen Füße und d) tausend Millionen andere private Dinge nicht mit der kompletten Verwandtschaft durchgekaut zu werden brauchen!

»Sie sagt, ich soll mir das Gesicht mit Urin waschen!«

Vorne aus dem Fleischwolf kriechen rosa-weiße Würmer.

»Mama, *bitte*: Du musst nicht alles mit deinen Schwestern bereden«, fahre ich fort.

Und Mutter sagt den Satz, den ich hasse wie keinen anderen, den Satz, gegen den es kein Mittel gibt, den finalen Satz, bei dem ich weiß, dass die Schlacht verloren ist.

»*Nie krępuj się.*«

Nie krępuj się. Leider gibt es dafür keine richtig gute Übersetzung, aber es heißt so viel wie *Das muss dir doch nicht peinlich sein* oder *Meine Güte, stell dich doch nicht so an.* Nach diesem Satz ist jede Gegenwehr sinnlos. Wenn ich protestiere und sage, dass es mir unangenehm ist, wenn über meine Pickel geredet wird, bin ich typisch schwedisch verklemmt. Und wenn ich nicht protestiere, gebe ich zu, dass ich schreckliche Pickel habe, und erkläre mich außerdem stillschweigend damit einverstanden, dass sie selbstverständlich mit der gesamten polnischen Nation besprochen und zweimal täglich mit Urin gewaschen werden müssen. *Nie krępuj się.*

Mir werden die Schultern schwer, weil mir wieder einmal klar wird, dass nichts, was ich sage, meine Mutter jemals dazu bewegen wird, auch nur ein bisschen weniger … *anders* zu sein. Während ich auf die rosa-weißen Fleischwolfwürmer starre, fällt mir ein, dass Tante Jadwiga davon sprach, dass sie von meinem Problem *gehört* hätte. Was ja hieße, dass sie es nicht nur auf den Fotos gesehen … Nein, es hat keinen Sinn.

»Was wird das?«, frage ich kraftlos.

»Hamburger. Die magst du doch so gern«, sagt Mutter und lächelt mich an.

Ihr warmes Lächeln und dass sie es ja gut meint, machen es mir schon wieder unmöglich zu sagen, was ich am liebsten sagen würde: »Stimmt, ich mag Hamburger gern, aber *nicht*, wenn du sie machst.« Ich weiß, dass die Fleischbrocken von ganz hinten aus der Tiefkühltruhe stammen, aus einer Packung, deren Etikett mit dem Verfallsdatum längst nicht mehr zu entziffern ist. Die Hamburger werden zu dick und knödelig werden, mit einem ungebratenen rosa Kern in der Mitte, sie werden vor Öl triefen und mit groben Tomatenscheiben ohne Geschmack und schlaffem Eisbergsalat zwischen zwei Scheiben labberigem Weißbrot serviert werden. Die Thousand-Island-Sauce von McDonald's wird sie aus Ketchup und Dickmilch mischen, das Bratöl und die hausgemachte Sauce werden das labberige Brot durchweichen, dass es einem durch die Finger glitscht, bis man nur noch einen triefenden Fleischklops in den Händen hält, von dem fieser Saft die Arme hinunter- und in die Ärmel läuft.

»Mmm«, sage ich und hoffe, dass es nett klingt.

»Komm nach der Schule zur Polizei, dann können wir zusammen nach Hause fahren!«, ruft Mutter mir nach, bevor ich mich zwischen den Umzugskisten im Flur durchschlängle, um meine Schultasche zu holen.

235 Akzeptiere, dass man alles, was es lecker und günstig im Restaurant gibt, genauso gut selbst zubereiten kann, sofern man nur ein paar Dinge im Haus hat, mit denen sich das Original simulieren lässt, zum Beispiel zwei Fässer Bratöl und einen alten Fleischwolf.

2

Die Junisonne fühlt sich angenehm warm an. Die Bäume und Rasenflächen des Sportgeländes zeigen das taufrische Grün, das sie nur am Anfang des Sommers besitzen. Die Jungs spielen Baseball, eine gute Gelegenheit, sie sich genauer anzuschauen, ohne dass sie uns gleich blöd kommen können.

»Da, da, da!«, sagt Natalie.

Ihre Aufmerksamkeit gilt ausschließlich Ola Olsson vom Landwirtschaftszweig. Ich schaue auf und sehe ihn laufen, als wären sie mit dem Güllewagen hinter ihm her. Er ist ohne Zweifel der bestaussehende Junge der ganzen Schule, aber mir ist er zu makellos. Mit seinen blonden Haaren und blauen Augen sieht er aus wie der HJ entsprungen.

»Deine letzte Chance vor den Sommerferien«, sage ich, während drei Jungs vom Sportzweig an uns vorbeitraben.

»Al-iiii-cjaaa, wo willst du hin?«, ruft einer, meinen Stockholmer Tonfall nachäffend, und die zwei anderen kriegen sich nicht mehr ein vor Lachen.

Es ist schon über ein Jahr her, dass wir von Stockholm aufs platte Land nach Skåne gezogen sind, aber für die Typen vom Sportzweig ist mein Dialekt immer noch das Komischste, was sie sich vorstellen können. Nanna, unsere Künstlernachbarin, wird immer noch die Stockholmerin genannt, obwohl sie vor 25 Jahren hergezogen ist. Dabei stammt sie nicht mal aus Stockholm.

»Idioten«, sagt Natalie.

»Wenigstens fragen sie nicht mehr, ob ich schon mal eine Kuh gesehen habe«, sage ich.

Die stille Marie sagt wie gewöhnlich nicht viel. Sie stammt aus Vietnam, und das Adoptionsbüro wusste nicht mal, wann sie geboren ist. Als ihren Geburtstag feiern sie jetzt den Tag, an dem sie bei ihren Eltern ankam, aber wenn sie volljährig ist, will sie das Datum ändern, weil sie sich wie eine Jungfrau und nicht wie eine Waage fühlt.

Obwohl wir nie darüber reden, wissen wir alle, dass Maries Adoptivvater ein Alkoholproblem hat und ihre Mutter die meiste Zeit in der Küche sitzt und filterlose Zigaretten qualmt. Wenn Marie mit Natalie und mir unterwegs ist, geht sie immer einen halben Schritt hinter uns wie ein nettes, nur ein bisschen schüchternes Gespenst. Wenn es das Wörtchen »still« nicht gäbe, müsste man es für sie erfinden.

Natalie ist unsere Zauberfee. So würde sie wahrscheinlich auch bei Ikea heißen, wenn man dort Menschen verkaufen würde. Manchmal schaue ich Natalie an und überlege, ob ich mit schwedischen Eltern auch so überirdisch schön wäre. Natalies Mutter besitzt eine Modeboutique in der Fußgängerzone von Ystad, und ihr Vater pendelt jeden Tag nach Lund, wo er irgendeine wahnsinnig wichtige Stelle an der Universität hat. Natalies Eltern besitzen nicht die normalen zwei Autos, sondern drei.

»O nein«, sagt Natalie und seufzt.

Ola Olsson wurde ausgemacht und muss zurück auf die

dritte Base. Eine milde Brise pustet genau vor uns ein Dutzend tanzende Löwenzahnsamen in die Luft.

»Sommerferien!«, ruft Natalie glücklich.

Ich lächle sie an, obwohl ich tief im Innern traurig bin, dass das Schuljahr zu Ende ist.

»Und was machst du jetzt über die Ferien?«, fragt mich Natalie.

Sie selbst wird in der Boutique ihrer Mutter jobben, Marie hilft am Strandkiosk von Sandhammaren aus.

»Ich ... bei uns gibt's immer noch viel zu tun«, sage ich. »Unausgepackte Kisten und so ...«

Es ist mir peinlich, dass ich keinen Sommerjob habe, aber Mutter hat es mir nicht erlaubt. Sie sagt, ich werde im Leben noch genug jobben müssen, da brauche ich nicht schon während der Schulzeit damit anzufangen. Trotzdem hätte ich lieber auch einen Sommerjob, über den ich mich dann die ganzen Ferien hindurch beklagen könnte. Außerdem käme so auch ein bisschen ein Plan in meine chaotischen Tagesabläufe.

»Gehen wir nach der Schule Eis essen?«, fragt Natalie.

Marie sieht auf ihre stille Weise aus, als hoffe sie das doch.

»Nein, ich muss zur Polizei«, sage ich.

»Deine Mama?«

Ich nicke.

»Mord oder Raub diesmal?«

»Schwere Misshandlung«, antworte ich. »Begangen an gewöhnlichen Hamburgern.«

Die Sache mit dem Urin erwähne ich mit keinem Wort. Es gibt Dinge, die mag man selbst seinen besten Freundinnen nicht erzählen.

Ein Ruf ertönt, das Baseballspiel ist aus.

Bei Schulschluss sagen Natalie, Marie und ich uns Tschüs wie jeden Tag. Wir werden uns ja morgen schon wiedersehen.

Dann gehe ich den Surbrunnsvägen hoch in Richtung Polizeiwache. Mutter arbeitet zurzeit als Dolmetscherin für die Polizei von Ystad. Seit wir hierher gezogen sind, hat sie als Altenpflegerin, private Sprachlehrerin und Verkäuferin gearbeitet, und jetzt ist sie also Dolmetscherin. Von all diesen Jobs ist der bei der Polizei der am besten bezahlte, obwohl sie ständig lamentiert, dass die Polizisten auf der Wache die ganze Zeit nur herumsitzen und futtern, weil es außer den zwei Fähren, die täglich zwischen Ystad und Świnoujście in Polen verkehren, kaum etwas gibt, was ihnen Arbeit macht.

Sie hat mir auch erzählt, wie die Verhöre ablaufen, die sie dolmetschen muss.

Der Polizist: »Wie heißt er?«

Mutter (auf Polnisch): »Wie heißen Sie?«

Der Pole (auf Polnisch): »Sag dem verf… Polizisten, dass ich in meiner verf… Tasche nur nach meinen verf… Papieren gesucht habe!«

Mutter: »Er konnte seine Papiere nicht finden.«

Der Polizist: »Wo ist sein Pass?«

Mutter (auf Polnisch): »Wo ist Ihr Pass?«

Der Pole (aus Polnisch): »Der verf… Pass… war in meiner verf… Jacke, und jetzt hat ihn der verf… schwedische Polizist!«

Mutter: »Er sagt, *Sie* haben seinen Pass.«

Der Polizist: »Er ist hier, weil er bei der Ankunft in Ystad seinen Pass nicht vorzeigen konnte. Fragst du ihn bitte, wie viel er getrunken hat?«

Mutter (auf Polnisch): »Wie viel haben Sie auf der Fähre getrunken?«

Der Pole (auf Polnisch): »Ich hab auf der verf… Fähre überhaupt nichts getrunken!«

Mutter: »Eine halbe Flasche Wodka und ein paar Bier.«

Falls sich jemand fragt, was verf… bedeutet: genau das. Das Wort, das der Pole verwendet hat, lautet *kurwa*. Da ich in Schweden aufgewachsen bin und Mutter das Wort selbst nie verwendet, habe ich es zum ersten Mal gehört, als ich acht Jahre alt war und Tante Halina und ihr Mann Jerzy zu Besuch kamen. Als sie wieder weg waren, habe ich Mutter gefragt, was *kurwa* bedeutet, und sie hat mir erklärt, dass es ein furchtbar hässliches Wort für Nutte ist und ich es auf der Stelle wieder vergessen soll.

Seit meiner Ankunft auf der Wache sitze ich vorne bei der Anmeldung und höre das Wort, das ich vergessen sollte, ein ums andere Mal durch die geschlossene Tür von Zimmer drei donnern.

(Eine polnische Stimme): »Verf… Scheiße, sag ihnen, dass die verf… Zigaretten meine sind!«

Ich höre, wie Mutter etwas sagt, wahrscheinlich zu dem verhörenden Polizisten.

(Die polnische Stimme): »Was ist das für ein verf… Faschistenland, in das man nicht mal ein paar verf… Zigaretten mitbringen darf?!«

Die Tür wird geöffnet, und ich sehe Dutzende Stangen Zigaretten auf einem Tisch aufgetürmt. Mutter kommt heraus und rollt die Augen.

»Beata, unterschreibst du das bitte, bevor du gehst?«, sagt die Polizistin hinter dem Tresen. »Ist das deine Tochter?«, fährt sie fort und lächelt mich an, während Mutter sich über einen Stapel Papiere beugt.

Ich stehe auf und lese, was am Schwarzen Brett steht. (»Bitte seien Sie aufmerksam – melden Sie es, wenn Sie eine defekte Straßenbeleuchtung bemerken!«) Auf der Polizeiwache spüre ich immer ein Kribbeln im Bauch, weil ich insgeheim davon träume, eines Tages vielleicht selbst Polizistin zu werden. Ich muss aufpassen, dass ich nicht grinse wie ein Honigkuchenpferd bei dem Gedanken, dass ich eines Tages eine Polizeiuniform tragen und einen Schlagstock schwingen könnte. Ich würde unglaublich erwachsen aussehen und auf der Welt für Ordnung sorgen.

»Ja, das ist sie«, sagt Mutter. »Aber sag nichts über ihre Pickel, da ist sie unglaublich empfindlich.«

236   Akzeptiere, dass nicht nur deine gesamte polnische Verwandtschaft, sondern auch die Polizei von Ystad über deine Hautprobleme informiert sein sollte.

3

»Es ist Sommer, hej, hej, es ist Sommer!«

Nachdem es sogar für so fanatische Sonnenanbeter wie Natalie, Marie und mich am Strand zu windig ist, findet unser *Gyllene-Tider*-Konzert in meinem Zimmer statt. Ich recke das Kinn etwas vor, um mein Gesicht länger aussehen zu lassen, und gebe meiner Stimme einen halländischen Klang. Ich bin Per Gessle, Natalie ist MP alias Mats Persson an der Gitarre, und Marie ist Micke »Syd« Andersson am Schlagzeug.

»Lippen auf Lippen, die mich ziehen an Land …«

»Oh oh oh«, singen Natalie und Marie.

»Die Sommer verheißen am weißen Strand!«

In Stockholm hätte ich in tausend Millionen Jahren nicht so getan, als wäre ich Per Gessle von *Gyllene Tider*, aber hier auf dem Land muss man nicht auf Teufel komm raus cool sein. Die *Gyllene-Tider*-Nummer entstand ungeplant, als wir einmal bei Natalie waren und *Wenn wir beide eins werden* im Radio hörten. Wir fingen spontan an mitzusingen, und seitdem singen wir immer wieder *Gyllene-Tider*-Songs. Es spielt keine Rolle, ob man fröhlich oder traurig ist, *Gyllene Tider* passt immer.

»Lebe dein Leben mit aller Macht,
Lass dich fallen: Bleib heute Nacht!«

Mein Gesicht nimmt einen leicht gequälten Ausdruck an, es ist die pure Sommerleidenschaft.

»Alicja!«, höre ich Mutter von unten rufen.

Mein anderes Ich Per Gessle macht den Kassettenrekorder aus.

»Bin gleich wieder zurück«, sagt Per. »Macht bloß nicht ohne mich weiter!«

»Du wirst uns sowieso bald für Marie Fredriksson verlassen«, sagt MP bitter. »Dann fängst du an, auf Englisch zu singen.«

»*Roxette* geht's doch nur um die Kohle und ein internationales Publikum. *Ihr* habt mein Herz.«

Micke »Syd« sagt wie üblich nichts, sondern fixiert seine Drumsticks, als hätte er gerade entdeckt, dass es eigentlich nur zwei Bleistifte sind. Ich mache die Tür zu und gehe die Treppe hinunter.

Unten in der Küche hackt Mutter Karotten. Auf dem Herd steht ein großer Topf Suppe, in der etwas Graues schwimmt. Die Küche riecht nach gekochtem Gemüse, fettem Huhn und Brühe.

»Habt ihr *ABBA* gespielt?«, fragt Mutter auf Polnisch.

»Nein, *Gyllene Tider*«, murmle ich.

»Frag deine Freundinnen, ob sie Suppe haben wollen«, sagt Mutter.

»Die wollen keine Suppe«, sage ich schnell.

Aus Erfahrung weiß ich, dass ich am besten fahre, wenn ich meine Freundinnen Mutters kulinarischen Attacken *nicht* aussetze. Außerdem würde sie beim Essen garantiert

etwas Unpassendes sagen. Mutter hat die schlechte Ange-
wohnheit, grundsätzlich entweder ihre Meinung zu sagen
oder das, was sie für die einzig richtige Wahrheit hält, auch
dann, wenn niemand sie danach fragt.

»Sag ihnen, dass die Suppe fertig ist.«

»Sie wollen keine Suppe.«

»Sag ihnen, dass die Suppe fertig ist.«

»Sie wollen keine Suppe.«

Kurze Pause.

»Sag ihnen, dass die Suppe fertig ist.«

»Sie wollen keine Suppe.«

Es ist faszinierend, wie unsere Unterhaltungen immer
wieder in einer Art unheimlicher *Twilight-Zone*-Schleife
landen.

»*Nie wygłupiaj się*«, sagt Mutter. *Mach dich nicht lächerlich.* »Die Suppe ist fertig.«

»Sie. Wollen. Keine. Suppe.«, sage ich.

»Sie haben sicher Hunger.«

»Sie haben *keinen* Hunger.«

Ich spüre, wie der Frust in mir aufsteigt.

»Sie haben sicher seit dem Frühstück nichts mehr gegessen.«

»Sie haben seit dem Frühstück *Unmengen* gegessen. Ununterbrochen. Die ganze Zeit.«

»Alicja, nun mach! Sonst sag *ich* ihnen, dass sie nach unten
kommen und Suppe essen sollen«, fährt Mutter fort.

»Schweden essen keine Suppe!«, bricht es aus mir heraus.

»*Alle* essen Suppe«, sagt Mutter.

»*Schweden* nicht!«, sage ich. »Und schon gar nicht *solche*
Suppe.« Ich wedle Richtung Herd.

»Und dieser grauenhafte Pamp mit Erbsen, den sie mit Pfannkuchen essen, was ist das?«, sagt Mutter. »Suppe!«

»Schweden ...«, beginne ich, aber weiß nicht, wie ich fortfahren soll.

»Marie! Natalie!«, ruft Mutter.

Natalie und Marie kommen nach unten. Mutter sagt ihnen, sie sollen sich hinsetzen und essen. Sie hat schon Suppe in die Teller geschöpft. Zu fragen, ob meine Freundinnen Hunger haben, fällt ihr nicht mal ein. Natalie und Marie setzen sich an den Tisch, und ihr Lächeln wirkt vollkommen echt. Schließlich setze ich mich dazu und stiere in die Suppe, die mir kochend heiß ins Gesicht dampft. Ich meine, etwas zu erkennen, was einmal Gemüse war (Spargel? Kartoffeln? Rübchen?), und bei näherer Betrachtung stellt es sich als ein Stück Fleisch (Huhn? Speck? Mensch?) heraus. Alles in der Suppe ist bis zur völligen Unkenntlichkeit zerkocht.

237 Akzeptiere, dass alles, was gekocht werden *kann*, gekocht werden *muss* – und zwar so lange wie nur irgend möglich.

Diese Regel gilt für alles. Spaghetti sind mindestens eine Dreiviertelstunde zu kochen, damit aus ihnen eine einzige grau-wässrige Pampe entsteht. Gemüse ist zu kochen, bis es jegliche Farbe verliert und in Auflösung übergeht. Bei Fleisch ist sicherzustellen, dass sich all seine nahrhaften Bestandteile in aufsteigendem Dampf verflüchtigen. Hauptsache, es brutzelt immer irgendetwas auf dem Herd.

Marie fragt jetzt, ob irgendwelche Milchprodukte in der Suppe sind.

»Ich bin allergisch gegen Milchprodukte«, fügt sie entschuldigend hinzu.

»Liegt das daran, dass du Asiatin bist?«, fragt Mutter.

Ich hole tief Luft. In Gröna Lund, dem Vergnügungspark in Stockholm, gibt es eine Maschine, die misst, wie »heiß« verliebt man gerade ist, man muss sich dazu nur zehn Sekunden lang an zwei Handgriffen festhalten. In mich ist eine ähnliche Maschine eingebaut, die misst, wie verlegen mich meine polnische Mutter machen kann. Status jetzt gerade: Die Maschine springt an!

»Ja«, sagt Marie, und man merkt jedenfalls nicht, dass die Frage ihr was ausmacht.

»Nehmt Brot!«, sagt Mutter und reicht einen Korb mit ihrem selbst gebackenen Brot herum.

Natalie nimmt eine Scheibe, und ich sehe, wie sie kämpfen muss, um einen Bissen von dem steinharten Kanten abzubeißen.

»Ich glaube nicht an Allergien«, sagt Mutter. »Die habt ihr hier im Westen erfunden. Alles Blödsinn!«

Ich beobachte Marie, die aber kein bisschen böse zu sein scheint, im Gegenteil: Sie löffelt Suppe und sieht dabei glücklich und zufrieden aus.

»Mein Cousin ist allergisch gegen Nüsse«, sagt Natalie. »Ich war mal dabei, wie er fast gestorben ist, nur weil ein Stückchen Nuss in seinem Eis war.«

Mutter tut so, als hätte sie das, was Natalie gesagt hat, nicht gehört. Sie hat Natalie von Anfang an nicht gemocht. Zum Glück hat Natalie es nie gemerkt.

»Es war richtig unheimlich«, fährt Natalie fort.

»Schmeckt dir die Suppe?«, fragt Mutter Marie.

Meine beiden Freundinnen nicken, und ich muss zugeben, dass die Suppe diesmal fast essbar ist, zumindest wenn man dabei die Augen zumacht.

»Alicja wollte euch keine anbieten.«

»Ich hätte nicht gedacht, dass ihr hungrig seid«, murmle ich.

»Sie macht mal wieder eine ihrer bockigen Teeniephasen durch.«

»Mach ich gar nicht!«, sage ich. Status jetzt: Oh, oh, die Maschine läuft warm!

»Trinkt dein Vater immer noch?«, erkundigt sich Mutter bei Marie. In derselben Sekunde beginnt die Maschine in mir »pling-pling-pling« zu machen. Status: Burn, baby, burn!

Marie nickt. Natalie und ich erwähnen nie, nie, *nie* ihre Situation zu Hause. Ich starre Marie an, aber auch diese vollkommen oberpeinliche Frage scheint ihr nichts auszumachen.

»Der Mann meiner Cousine Sylwia trinkt auch«, sagt Mutter. »Er ist ein Dreckkerl.«

»Ein Dreckskerl«, korrigiere ich leise.

»Genau«, sagt Mutter und nickt.

»Was macht er denn?«, fragt Natalie.

»Sylwia hat nie Glück gehabt mit Männern. Ihr erster Mann war Koch auf einem Schiff. Er war verrückt, wie alle Seemänner. Und rasend eifersüchtig. Obwohl er selbst Sylwia nie treu war.«

Natalie und Marie sitzen ganz ergriffen von der Geschichte schweigend da.

»Vielleicht sind ja nicht alle Seemänner verrückt und rasend eifersüchtig«, wende ich zaghaft ein. Im selben Augenblick frage ich mich, warum ich eigentlich das Bedürfnis verspüre, die Seemänner in Schutz zu nehmen. Wahrscheinlich hat es mit dem Bedürfnis zu tun, *alle* zu beschützen, die Mutter kritisiert.

»Sylwia hat ihn erst verlassen, als eine andere Frau ein Kind von ihm bekam. Kurz darauf ist sie ihrem jetzigen Mann begegnet. Er war ihr Nachbar, und alle wussten, dass er seinen letzten Job verloren hatte, weil er zu viel getrunken hat. Und wenn er trinkt, wird er gewalttätig.« Mutter schüttelt den Kopf, bevor sie fortfährt: »Aber jetzt habe ich es geschafft, dass Sylwia nach Schweden kommen kann. Es ist ihre einzige Chance, von dem Schwein wegzukommen.«

»Und was will sie in Schweden machen?«, fragt Natalie.

»Sie sagt, dass sie als Putzfrau arbeiten kann, und ich werde ihr helfen, einen Job zu finden.«

»Wird ihre Tochter mitkommen?«, frage ich. Sylwia hat eine dreizehnjährige Tochter, Celestyna, die aber niemand von uns kennt.

»Sylwia kann sie ja wohl kaum allein in Polen lassen«, antwortet Mutter und schöpft allen noch mal Suppe in die Teller.

Am selben Abend kommt ein Taxi, das meinen Vater zum Flugplatz bringen soll. Er reist für einen mehrmonatigen Studienaufenthalt in die USA.

»Pass auf dich auf, mein Herz!«, sagt er und umarmt mich.

»Mach ich doch immer«, antworte ich.

»Jetzt fahr schon, damit wir endlich Party machen können!«, sagt Mutter. Aber sie sagt es lieb und mit einem Lächeln.

Ich stehe noch so lange am Tor, bis ich die roten Rücklichter des Taxis nicht mehr sehen kann. Auf dem Weg zurück ins Haus spüre und höre ich, wie unter meinen Füßen ein Schneckenhaus zerbricht.

4

»Nicht mal lose Bonbons?«

Die stille Marie schüttelt den Kopf und hebt den riesigen Behälter für Ketchup aus der Halterung. Sie schraubt die Gummizitze ab, schraubt sie auf einen neuen Ketchup-Behälter und hängt den in die Halterung.

»Oder Limonade? Oder Hefeteilchen? Oder wenigstens Eis?«

»Wir können zwischen einem Hamburger oder Fleischbällchen zum Lunch wählen. Aber das ist alles.«

Marie geht in den hinteren Raum, um den leeren Ketchup-Behälter wegzuwerfen, während ich den Blick den Plastikdosen mit losen Bonbons zuwende, die vor einem der beiden Fenster des Kiosks stehen. In drei bunten Reihen gibt es Sodapops, Himbeer-Lakritze-Totenköpfe, große saure Totenköpfe, Fruchtgeleeratten, Weingummi mit Colageschmack und eine Menge andere leckere Sachen.

»Es ist unfair«, höre ich mich murmeln.

Seit Marie erzählt hat, dass sie im Sommer am Strandkiosk jobben würde, habe ich mich darauf gefreut, sie so oft wie möglich zu besuchen. Ich hatte angenommen, dass die Kioskverkäuferin und damit auch ihre besten Freundinnen alles umsonst essen dürften. Die Wahrheit ist grausam, aber wenigstens stopfe ich mir schnell ein Marshmallow in den Mund.

»Kannst du kurz aufpassen? Ich muss auf die Toilette«, ruft Marie aus dem hinteren Raum.

Ich schlucke das Marshmallow schnell hinunter, obwohl ich es noch nicht zu Ende gekaut habe.

»Klar«, sage ich.

Das erste Mal in einem Kiosk zu stehen und nicht davor in der Schlange fühlt sich spannend und verboten zugleich an. Es ist ein bisschen, als säße man im Lehrerzimmer und merkte plötzlich, dass die Lehrer trotz allem auch Menschen sind. Ich hebe eine zusammengeknüllte Serviette vom Boden auf und werfe sie in den Mülleimer, rücke den Korb mit Obst zurecht und stelle die Schachteln mit *Shake*-Kaugummi ordentlich nebeneinander. Gleichzeitig hoffe ich, dass niemand etwas kaufen will, bevor Marie zurück ist. Zum Glück ist das Wetter so schlecht, dass nur wenige Menschen an den Strand kommen, und die vier Tische vor dem Kiosk sind leer. Ich wische ein paar unsichtbare Brotkrümel vom Schneidebrett für die Hamburgerbrötchen und denke darüber nach, ob ich vielleicht Kioskverkäuferin werden sollte, wenn es mit der Polizeikarriere nicht klappt.

»Ein Magnum, bitte!«

Eine pummelige blonde Frau mit dauergewelltem Haar steht vor dem Kioskfenster. Da Marie noch nicht zurück ist, habe ich keine andere Wahl, als zur Tiefkühltruhe zu gehen, um das Eis für die Frau zu holen. Ich weiß nur nicht, mit welchem Knopf man die Kasse öffnet, also murmle ich irgendetwas von einem technischen Defekt und hole meine Brieftasche heraus, um der Frau ihr Wechselgeld zu geben. Genau in dem Moment, als ich das Geld über den Tresen reiche, taucht noch eine Person vor dem Kiosk auf. Der werde ich auf keinen Fall was verkaufen.

»Solche wie dich bedienen wir hier nicht«, sage ich.

»Was? Warum nicht?«

Die dauergewellte blonde Frau schaut von mir zu der neuen Kundin und nimmt schnell ihr Eis.

»Prostitution ist hier verboten. Und auf unserer Toilette sowieso!«, sage ich.

»Du hast's nötig, Neonazischlampe!«

»Wenn du deinen Körper verkaufen willst, tu's woanders!«, sage ich.

Die Frau mit dem Magnum eilt zu einem Mann, der beim Infoschild wartet. Natalie und ich haben unser kleines Publikum viel zu schnell verloren.

»Wir dachten, du kommst früher«, sage ich.

»Hallo, Natalie!«, sagt Marie, die wieder aufgetaucht ist.

»Ihr glaubt nicht, was gerade passiert ist«, sagt Natalie mit einem Gesicht wie ein Smiley.

Genau da kommt eine Familie mit einem halben Dutzend flachsblonder Kleinkinder, und während Marie geduldig auf ihre sich ständig ändernden Bestellungen wartet (»Jetzt entscheid dich doch endlich: Schokolade oder Erdbeer?!«), setzen Natalie und ich uns an einen der Tische.

»*Was* ist passiert?«

»Da war gerade…« Natalie macht eine Kunstpause. »OLA!«

Ich seufze leise, weil wir gleich wieder Natalies ewiges Lieblingsthema durchkauen werden, aber ich versuche, dabei zu lächeln.

»Und was ist *passiert*?«

»Wir haben wahnsinnig lang miteinander gequatscht! Bestimmt eine ganze Minute, bevor er gesagt hat, dass er weitermuss.«

Und jetzt müssen wir natürlich alles haarklein durchgehen, alles, was Ola Olsson während ihrer zufälligen Begegnung in der Fußgängerzone von Ystad gesagt und getan hat, als könnten hinter jedem Wort und jeder Geste unfassbare Geheimnisse verborgen liegen.

Nachdem alle Mitglieder der Großfamilie ihr richtiges Eis bekommen haben, brät Marie einem älteren Paar Würstchen. Ich muss weiter allein als Natalies Ola-Olsson-Torwand herhalten.

»Was glaubst du, was er gemeint hat?«

»Womit?«, frage ich.

»Mit ›Schönen Sommer!‹. Das war das Letzte, was er gesagt hat.«

Als Kennerin der Spielregeln für Gespräche mit besten Freundinnen beiße ich mir in die Wange, um Natalie nicht die auf der Hand liegende Antwort zu geben.

»Wenn du ihn das nächste Mal siehst, solltest du ihn vielleicht fragen, ob ihr euch nicht mal treffen könnt. Oder ruf ihn einfach an!«

»Meinst du? Ich weiß nicht«, sagt Natalie erfreut und hoffnungsvoll. »Ich seh's auf jeden Fall so, dass er sich Gedanken darüber macht, was ich für einen Sommer habe. Oder nicht? Er möchte, dass ich einen SCHÖNEN Sommer habe. Das heißt doch …«

Als ich durch den Kiefernwald vom Strand nach Hause radle, denke ich, dass der Sommerurlaub genau so sein sollte: ruhig und ein bisschen langweilig. Ich denke: Hoffentlich passiert nichts Schlimmeres, als dass man sich einen Sonnenbrand holt, sich die Monologe seiner liebeskranken Freundinnen anhört und sich an Erdbeeren überfrisst.

Als ich zu Hause ankomme, kann ich Mutter erst nicht finden. Ich rufe und laufe durchs ganze Haus, bis ich sie auf dem Dachboden finde, wo sie gerade Kopfkissen bezieht. Unsere zwei rostigen Reservebetten stehen an gegenüberliegenden Wänden des Raumes, und Mutter hat einen großen Flickenteppich dazwischen ausgerollt.

»Was machst du?«

»Gut, dass du da bist, du kannst mir helfen«, sagt Mutter und wirft mir einen gelben Bettbezug zu.

Der Bettbezug ist an mehreren Stellen geflickt, seit sich gleich nach unserem Umzug eine Maus in der Kiste mit der Bettwäsche eingenistet hatte. Als wir den Untermieter endlich entdeckten, war schon die Hälfte der Bettwäsche angenagt und die Kiste voller Papierfitzeln und Vogelfutter, das die Maus aus einer anderen großen Kiste angeschleppt hatte. Mutter hat den Bettwäschezernager mit einer Käfigfalle eingefangen, aber dann brachte sie es nicht übers Herz, das arme Tierchen zu töten. Sie hat die Maus im Garten unserer Künstlernachbarin freigelassen. Daran muss ich denken, als ich den Bettbezug über eine Zudecke ziehe.

»Stell dir vor, sie kommen endlich«, sagt Mutter.

Aber ich bin in Gedanken noch so sehr bei der Maus und der Frage, wie sie wohl das Vogelfutter von einer Kiste zur anderen geschleppt hat, dass ich erst gar nicht verstehe, wovon sie redet. Hatte die Maus die Pfoten, die Schnauze oder eine mausgerechte Umzugskiste für den Transport benutzt?

»Wer?«

»Sylwia und Celestyna.«

Sofort lasse ich die Zudecke los.

»Und wo sollen sie wohnen?« (Sag nicht hier! Bitte sag nicht hier!)

»Hier natürlich. Wo denn sonst?«

»Und wann kommen sie?« (Bitte sag nicht morgen! Sag nicht morgen, sag nicht morgen!)

»Morgen.«

5

Celestyna und ich stehen im Garten, es fällt ein leichter Nieselregen. Mutter hat mich dazu verdonnert, mich um meine Cousine zu kümmern und ihr das Haus und den Garten zu zeigen. Ich habe sie darauf hingewiesen, dass Celestyna genau genommen gar nicht meine Cousine ist, höchstens eine Großcousine oder Cousine zweiten Grades oder so, weil nämlich Mutter und Sylwia keine Geschwister, sondern nur Cousinen sind, aber da fing ich mir einen Blick von Mutter ein, der mich mitten im Satz verstummen ließ.

»Und hier steht die Badewanne«, sage ich auf Polnisch.

Wir stehen neben der hellgrünen Badewanne, die die Hippie-Kommune, die vor uns das Haus bewohnte, im Freien aufgestellt hat. Die Badewanne hat seitlich einen grünen Algenrand, und im Regenwasser, das sich auf dem Boden sammelt, schwimmen tote Blätter, Zweige und Federn. Es ist Juni, aber das Wetter spielt nicht mit, schon seit Tagen bläst ein kalter Wind. Jetzt also auch noch dieser nieselige Regen.

»Haben alle Schweden die Badewanne im Garten?«, fragt Celestyna.

Ich denke eine Weile über die Frage nach.

Dann sage ich: »Nein.«

Mutter hat Sylwia und ihre Tochter heute Morgen in Ystad von der Fähre abgeholt. Ich war den beiden noch nie begegnet und wusste nicht so recht, auf was ich mich gefasst machen sollte.

Ich war nicht gerade wild darauf, das Haus mit wildfremden Leuten zu teilen. Trotzdem rührte mich der Gedanke, dass Mutter die beiden aus ihrem polnischen Elend retten wollte. Vor meinem inneren Auge sah ich Sylwia in Kleidern aus den Vierzigerjahren und mit einem dunklen Schal um den Kopf aus unserem alten Volvo steigen. Eine ganze Weile würde sie nur stumm vor unserem Haus stehen, während ihr Tränen der Dankbarkeit, endlich ihrem versoffenen Mann und dem polnischen Kommunismus entkommen zu sein, über die bleichen Wangen liefen. Sie würde mich umarmen, weil ich ein Teil der Rettungsaktion für sie und ihre Tochter war, dann würde sie zum Zeichen ihrer Dankbarkeit anfangen, das Haus zu putzen.

Als der Volvo dann endlich auf den Hof fuhr, sah ich eine Sylwia, die der aus meiner Vorstellung so gut wie gar nicht entsprach. Die echte Sylwia hat kurze blondierte Haare, deren pechschwarzer Ansatz schon mehrere Zentimeter ausgewachsen ist. Sie ist krankhaft dünn, hat eine graue Haut und große, sich aus den Höhlen wölbende Augen. Sie sieht alt und abgezehrt aus, obwohl sie Mutter zufolge erst knapp über vierzig ist. Als sie ankam, trug sie eine schwarze Lederjacke mit einem schräg über die Brust verlaufenden goldenen Reißverschluss und Leggins mit Leopardenmuster. An ihrem sehnigen Hals pendelte ein goldenes Kreuz. Wenn ich ein hässliches polnisches Wort mit k gekannt hätte, hätte ich es jetzt benutzen können. Natürlich schämte ich mich für diesen Gedanken auch gleich wieder, schließlich hatte Mutter oft genug erzählt, dass Sylwias versoffener Mann sie regelmäßig grün und blau geschlagen hatte. Trotzdem fragte ich mich, wie Sylwias erster Mann – der eifersüchtige Schiffskoch – je auf die Wahnsinnsidee kommen konnte, dass andere Männer sich für sie interessierten. Auch für den Gedanken schämte ich mich, bis ich mir sagte, dass diese Art von Schizodenken auf die Dauer ein bisschen anstrengend werden könnte.

»Alicja! Komm und hilf uns Sachen reintragen!«, rief Mutter vom Auto her.

Sie war mit einem leeren Auto losgefahren, aber jetzt war es so vollgepackt, dass sämtliche Fenster das Muster von platt gequetschten Tüten und Taschen zeigten – das untrügliche Erkennungszeichen reisender Polen. Der Volvo lag zudem beunruhigend tief.

Celestyna saß auf dem Rücksitz. Sie könnte ihrer Mutter nicht unähnlicher sein. Celestyna ist natürlich blond und hat ein ziemlich hübsches Gesicht. Sie ist nur ein bisschen pummelig und hat ein nicht so hübsches Stupsnäschen, und beides zusammen hat leider, leider eine verblüffende Ähnlichkeit mit Miss Piggy zur Folge.

Nachdem alles Gepäck und alle Taschen aus dem Auto geräumt waren, stellte sich Sylwia daneben. Aber statt sich auf den Boden zu schmeißen und die Erde zu küssen, holte sie eine Packung Marlboro heraus und zündete sich eine Zigarette an. Mit gerunzelter Stirn begutachtete sie unser Haus und sagte:

»Nicht gerade ein Palast.«

Jetzt stehen Celestyna und ich also neben der Badewanne, und ich weiß nicht, was ich ihr noch zeigen soll. Ich habe mit ihr schon den kompletten Rundgang durch das schöne Fachwerkhaus gemacht, wie wir es nennen, obwohl es in Wahrheit ein dringender Renovierungsnotfall ist.

»Hast du einen Freund?«, fragt Celestyna plötzlich.

»Nein«, antworte ich.

»Bist du in jemand verliebt?« Celestyna sieht mich erwartungsvoll an.

»Nein«, sage ich und spüre, dass diese Antwort sie enttäuscht – wie alle meine Antworten bisher. Die Welt im Westen scheint ihren Erwartungen nicht zu entsprechen. Jedenfalls glaube ich nicht, dass unser Badezimmer mit dem Gartenschlauch zum Duschen und Waschen das ist, was sie sich unter dem goldenen Westen vorgestellt hat. »Und du?«

»Es gab da einen Jungen in meiner Klasse in Rumia«, beginnt Celestyna enthusiastisch. »Aber er war nur doof.«

Ich nicke. Ein Teil von mir ist immer noch sauer auf Mutter, die mir Celestyna aufgebürdet hat. Ich bin SECHZEHN (okay, eigentlich fünfzehn plus elf Monate). Celestyna ist DREIZEHN. Zwischen uns liegen Welten. Ich bin erwachsen, und Celestyna ist ein Kind. Okay, ein Kind, das jetzt schon einen größeren Busen hat, als ich ihn jemals haben werde, aber trotzdem.

»Freust du dich, in Schweden zu sein?«, frage ich vorsichtig.

»Nein«, sagt Celestyna. »Ich wollte nicht weg von meinen Freunden.«

Und plötzlich tut mir Celestyna leid. Das Mädchen hat eine beinahe unheimliche Ähnlichkeit mit einer gewissen Muppet-Figur, einen gewalttätigen Trinker zum Vater, und zum Schluss musste sie auch noch ihre Freunde und ihr Heimatland verlassen. Ich sollte wirklich alles tun, um ihr und ihrer Mutter das Leben hier in Schweden leichter zu machen.

»Schweden ist ein ziemlich gutes Land«, sage ich. »Es wird dir bestimmt gefallen.«

»Ganz bestimmt *nicht*«, antwortet Celestyna, als hätte ich vorgeschlagen, dass wir ein paar Katzenjungen häuten sollten. »Und du musst auch nicht so tun, als wärst du meine Freundin, weil ich nämlich gar nicht deine Freundin sein will«, fährt sie fort. Dann geht sie ins Haus zurück.

Ich wende den Blick zur Badewanne, ich habe nämlich einen kleinen Kloß im Hals.

Der Tag vergeht, und mein Widerwille gegen Sylwia und Celestyna wächst.

Seit geschlagenen zwei Stunden sitzt Sylwia jetzt an unserem Küchentisch und qualmt eine Zigarette nach der anderen. Ich merke, dass sogar Mutter nervös wird. Sie hat schon wegen mehreren Putzstellenangeboten in der Zeitung angerufen, obwohl heute Samstag ist. Die Idee ist, dass wir eine Arbeitsstelle finden, wo Sylwia und Celestyna auch gleich wohnen können.

»Aber niemand mit Hund«, sagt Sylwia durch eine Rauchwolke. »Ich mag keine Hunde.«

Mutter tätigt Anruf Nummer fünf.

»Und nicht bei irgendeinem Greis«, sagt Sylwia. »Ich mag keine Greise.«

Sie drückt ihre Zigarette aus und zündet sich sofort eine neue an.

»Ja, hallo. Ich rufe wegen der Anzeige im *Ystads Alle-handa* an«, sagt Mutter ins Telefon. »Ich wollte fragen, ob Sie immer noch jemanden suchen?«

Sylwia fixiert Mutter und das Telefon.

»Ah ja? Schade. Trotzdem vielen Dank.« Mutter legt den Hörer auf und schüttelt den Kopf.

Sylwia zupft Fussel von ihren Leopardenleggins. Celestyna ist im Übergangswohnheim auf dem Dachboden verschwunden. Mein Walkman und mehrere meiner Kassetten sind inzwischen ebenfalls dort verschwunden, aber noch versuche ich mir einzureden, dass Sylwia und Celestyna bemitleidenswerte unbehauste Flüchtlinge sind, und verliere kein Wort darüber.

Dann entdeckt Sylwia etwas in der Zeitung, die vor ihr auf dem Tisch liegt.

»Was steht da?«, fragt sie erregt.

Ich drehe die Zeitung in meine Richtung und sehe ein Bild von Papst Johannes Paul II. Auf dem Bild küsst der Papst ein kleines Kind, das unbeeindruckt auf dem Schoß seines Vaters weiterschläft.

»Es geht darum, dass der Papst in Norwegen ist. Er macht gerade eine Tournee durch den Norden«, sage ich, unsicher, ob man bei Päpsten wirklich so sagen kann.

»Kommt er auch *hierher*?«, fragt Sylwia. Ihre Augen beginnen jetzt, beunruhigend weit aus den Höhlen zu treten.

Ich bin versucht zu sagen, dass er auf dem Mittsommerfest in Glemmingebro auftreten soll, gleich nach dem Sackhüpfen auf dem großen Platz vorm Fischteich. Aber ich sage es nicht. Stattdessen lese ich den Artikel weiter.

»Ja, er fährt erst nach Dänemark, dann kommt er auch nach Schweden.«

Zum ersten Mal seit ihrer Ankunft bekommt Sylwias Gesicht etwas Weiches und fast Schönes. Sie vergisst sogar ihre Zigarette, deren Asche neben den Unterteller fällt, den ich ihr als Aschenbecher hingeschoben habe.

»*Wann*? *Wann* kommt er nach Schweden?«

Ich lese weiter.

»Nächste Woche ist er in Uppsala und danach in Vadstena.«

Ich sehe Mutter an und kann in ihren Augen lesen, was sie als Nächstes sagen wird. Es ist, als würde man einem Autounfall in Zeitlupe zuschauen. Ich schüttle den Kopf, aber es ist zu spät. Mutter möchte Sylwia ein paar Tage loswerden, damit sie ungestört für sie auf Jobsuche gehen kann.

238 Akzeptiere klaglos, dass du deine kettenrauchende polnische Verwandte und ihre übel gelaunte Miss-Piggy-Tochter auf ihrer Pilgerfahrt zum höchsten Vertreter der katholischen Kirche alias Gottes Sprachrohr auf Erden begleiten wirst.

6

Über fünf Stunden sitze ich jetzt schon hinten in unserem Volvo und höre mir den Streit zwischen Sylwia und Celestyna an. Hinter Jönköping war ich kurz davor, die Tür aufzumachen und mich aus dem fahrenden Auto in den Vättern zu stürzen. Derselbe Streit, wieder und wieder:

»Ich bin hungrig«, sagt Celestyna zum hundertsten Mal.

»Du bist zu dick«, sagt Sylwia.

»Aber ich hab soooooo Hunger.«

»Dann hättest du zum Frühstück was anderes essen sollen als nur Schokolade.«

»Aber ich hab Hunger, dass mir der Bauch wehtut!«

»Du bist trotzdem zu dick.«

Schon wenn die Polen normal reden, klingt es, als würden sie sich entweder streiten oder sich über etwas beklagen, aber ein richtiger polnischer Familienstreit ist eine Qual. Jedenfalls für meine Ohren.

Dazu kommt Sylwias Fahrstil. Man denkt, mit ihren unglaublichen Glupschaugen müsste sie ein Gesichtsfeld wie ein Raubvogel haben, aber in Wirklichkeit fährt sie blinder als ein Maulwurf. Wir sind schon so oft angehupt worden, dass Sylwia glaubt, es handle sich um eine Art speziellen schwedischen Gruß, und fröhlich zurückhupt.

Ich für mein Teil habe mich so weit nach unten verkrochen, dass von draußen eher meine Knie zu sehen sind als mein Kopf. Die Luft knapp über dem Sitz ist außerdem besser als der Zigarettennebel weiter oben. Ich sage mir zum hundertsten Mal, dass wir ja nur einen kurzen Trip nach Vadstena machen, um, zwischen ein paar Dutzend anderen Fanatikern eingeklemmt, aus weiter Ferne einen alten Mann in Weiß zu sehen. Gleich danach werden wir uns wieder ins Auto setzen und nach Hause fahren. Mutter hat zwar vorgeschlagen, dass wir ein paar Tage dort zelten könnten, aber ich bin mir sicher, dass ich Sylwia und Celestyna dazu überreden kann, lieber gleich nach Skåne zurückzufahren. Den Papst, um den es ging, hätten sie dann ja gesehen.

Als wir endlich da sind, ist es unmöglich, in dem Gewimmel von Leuten einen Parkplatz zu finden. Schließlich parkt Sylwia neben ein paar anderen Autos auf etwas, das ein Feld sein könnte. Hinter einem Hügel, zu dem alle unterwegs zu sein scheinen, erkennt man die Silhouette eines Schlosses.

»Kann ich nicht einfach im Auto bleiben?«, jammert Celestyna, die eindeutig genauso viel Lust auf Papst Johannes Paul II. zu haben scheint wie ich. »Ich bin müde. Und hungrig.«

Sylwia verpasst ihrer Tochter einen harten Boxhieb auf den Arm.

»Schäm dich!«, sagt sie. »Was ist das denn für ein Benehmen? Nimm dir ein Beispiel an Alicja!«

Meine Freude darüber, endlich frische Luft atmen und die Beine ausstrecken zu können, wird offensichtlich missverstanden. Um dem ganzen die Krone aufzusetzen, ziehe ich die Mundwinkel noch ein bisschen weiter nach oben und hoffe, dass es wirklich wie ein Lächeln für den Papst aussieht.

Vadstena quillt über von Menschen, dazu ist der Himmel genauso grau wie zu Hause, und die meisten tragen Regenmäntel und Gummistiefel. Trotzdem ist die Stimmung gut. Es ist wie bei einem ausverkauften Rockkonzert, überall sehe ich fröhlich lachende, erwartungsvolle Gesichter. Und alle wirken so *jung*. Gar nicht wie die uralten runzeligen Reptilien, die ich von den katholischen Messen im Fernsehen kenne.

»Werden auch irgendwelche Freunde von dir hier sein?«, fragt Sylwia, während wir uns in dem Menschenstrom in Richtung Schloss treiben lassen.

Erst glaube ich an einen Scherz, mit dem sie darauf anspielt, dass ich nicht mal katholisch bin, sondern nur mitkommen musste, weil Mutter ihr nicht zutraut, allein nach Vadstena zu finden. Übrigens käme ich, auch wenn ich katholisch wäre, niemals auf die bescheuerte Idee, nur um den Papst zu sehen durch halb Schweden zu fahren. Dann sehe ich, dass es Sylwia todernst ist.

»Nein«, sage ich. »Sie konnten nicht.«

»Wie schade!«, sagt Sylwia. »Es ist traurig, wenn man so eine Gelegenheit verpasst.«

Ich murmle irgendetwas, das sich wie eine Antwort anhören soll, und fasse es immer noch nicht, wie viele junge Menschen um uns sind. Dass es so viele junge Katholiken in Schweden gibt, ist unglaublich.

Inzwischen stehen wir in der Schlange vor einem der Tore aufs Schlossgelände. Ich sehe ein Schild über dem Eingang, und mir bleibt fast das Herz stehen. »Willkommen, junge Katholiken im Norden! Nur Mitglieder«, lese ich. Vor dem Tor sehe ich eine Frau mit einer Abhakliste. Ich drehe mich schnell zu Sylwia um, die hinter mir steht.

»Ich weiß nicht, ob wir da reinkönnen«, sage ich.

Sylwia und Celestyna sehen mich an.

»Warum denn nicht?«, fragt Sylwia.

»Es ... es ist nur für Mitglieder. Mitglieder der ...«

»*Głupstwo*«, sagt Sylwia. *Blödsinn.* »Die Großmutter meines ersten Mannes kommt aus Wadowice, genau wie Johannes Paul II. Sie haben dieselbe Schule besucht.« Damit ist die Sache für sie geklärt.

Jetzt sind es nur noch ein paar Menschen bis zu der Frau mit der Liste. In mir steigt innen Übelkeit auf, während mir draußen Schweißperlen den Rücken hinunterlaufen, obwohl es kalt und nieselig ist. Dann sind wir an der Reihe.

»Ihr Name«, fragt die Frau.

»Wir ...«, sage ich. »Ich weiß nicht, ob wir ...«

Plötzlich fühlt es sich an, als wären noch ein paar Tausend Menschen dazugekommen, die alle in der Schlange hinter uns stehen und nach vorne drängen.

»Von welchem Verein seid ihr?«, fragt die Frau.

Ich räuspere mich. Der Schweiß läuft mir jetzt in Strömen den Rücken hinunter.

»Wir sind von ...« Denk nach, denk nach, denk nach! » ... von der katholischen Jugend in ... in Vallerup.«

»Vallerup?«, fragt die Frau und schaut mit gerunzelter Stirn in ihre Liste.

»Wir sind ein ganz kleiner Verein«, antworte ich, »aber sehr ... sehr ... katholisch.«

Ich möchte am liebsten sterben. Ich spüre, wie Sylwia und Celestyna ungeduldig werden. So ungeduldig wie der Rest der halben Menschheit, der durch dasselbe Tor aufs Schlossgelände will.

»Vielleicht stehen wir unter …« Ich versuche mich daran zu erinnern, was ich gerade erfunden habe. »… unter KJV.«

»V steht für Vallerup, das ist in der Nähe von Ystad. V-A-L-L-E-R-U-P«, schwalle ich die Listenfrau zu.

»Warum dauert das so lange?«, fragt Sylwia auf Polnisch und zieht mich am Ärmel.

Ich möchte nur noch sterben.

»Wir lieben den Papst wirklich sehr«, sage ich schwach.

Die Listenfrau schüttelt den Kopf.

»Und die Großmutter des ersten Mannes der Cousine meiner Mutter…«, starte ich einen letzten verzweifelten Versuch.

Die Listenfrau schüttelt weiter den Kopf, aber jetzt schaut sie von ihrer Liste auf.

»Ich kann euch auf der Liste nicht finden«, sagt sie. »Aber geht nur rein. Leider müssen wir in eure Taschen schauen, aber dann sucht euch einfach einen Platz, von dem aus ihr ihn gut sehen könnt.«

Ich bin so dankbar, dass mir Tränen in die Augen steigen und sich mein Herz mit katholischer Wärme füllt.

»Gott segne Sie!«, sage ich zu der Frau, weil es wie etwas klingt, was liebe Katholiken zueinander sagen würden.

Meine Beine zittern noch, als wir endlich das Schlossgelände betreten. In mir brodelt es. Warum setzt Mutter mich immer wieder solchen Situationen aus? Mit einer normalen schwedischen Mutter und normalen schwedischen Verwandten wäre ich wahrscheinlich zu einem Rockkonzert gefahren oder sonst einem protestantischen Ersatz für einen Papstbesuch.

Als mein Herz wieder ruhiger zu schlagen beginnt, schaue ich mich um. Es scheint, als würden die Menschen immer mehr. Langsam werden wir im Hof des Schlosses vorwärtsgeschoben. Direkt vor uns schwenkt eine Gruppe Jungen sämtliche nordische Flaggen, als ginge das Spektakel jeden Augenblick los.

Jetzt, wo ich mich beruhigt habe, reißt mich die Stimmung von Spannung und Freude doch ein Stück weit mit. Wie es wohl ist, den Papst zu sehen? In lebensecht?

Sylwia steht neben mir und qualmt eine Zigarette. Ich wünschte mir, sie würde wenigstens jetzt damit aufhören, wo wir dem Papst so nahe sind. Ein Mann in einem grünen Regenmantel legt vorsichtig die Hand auf Sylwias Arm.

»Ich glaube, hier herrscht Rauchverbot«, sagt er freundlich.

»*Tu nie wolno palić*«, übersetze ich für Sylwia.

»*I am Polish*«, sagt Sylwia zu dem Mann und wedelt in Richtung der großen Bühne vor dem Schloss, als würde ihr die mit dem Papst geteilte Staatsangehörigkeit besondere Privilegien verleihen.

»Yes, *but you are still not allowed to smoke here*«, sagt der Mann.

»*Are YOU the Pope?*«, blafft Sylwia und bläst ihm eine Rauchwolke ins Gesicht.

Der Mann verschwindet schnell in der Menge.

Auf der Bühne beginnt jetzt ein Kinderchor, falsch zu singen.

»Alicja?«, sagt plötzlich jemand.

Ich drehe mich um und sehe Ola Olsson. Natalies große Liebe Ola Olsson. Ola Olsson vom Landwirtschaftszweig. Der eine große schwedische Fahne in der Hand hält.

»Hallo«, sage ich verwirrt.

»Was machst *du* denn hier? Bist du katholisch?«, fragt Ola Olsson und lächelt breit.

Ich weiß nicht, was ich antworten soll, weil Ola Olssons Nähe mich auf einmal schrecklich nervös macht.

»Nein«, sage ich. »Oder ja. Heute.«

Ola Olsson lacht, obwohl ich es nicht als Scherz gemeint habe.

»Bist *du* katholisch?«, frage ich.

»Ja, aber in der Schule wissen es nicht viele. Meine beiden Eltern sind Pfarrgemeinderäte der St. Nikolaikirche in Ystad.«

»Aber…«, murmle ich, »…sind deine Eltern nicht… Bauern?«

»Ja, aber das Verbot, dass Bauern nicht Katholiken sein dürfen, ist endlich aufgehoben.«

»Wirklich?«, frage ich mit großen Augen.

Ola Olsson beginnt, lauthals zu lachen.

»Meine Eltern sind gar keine Bauern. Denkst du, alle, die den Landwirtschaftszweig gewählt haben, haben Bauern als Eltern?«

»Ja.«

Mir glühen die Wangen. Ich habe, außer wenn Natalie von ihm angefangen hat, noch keinen Gedanken an Ola Olsson verschwendet, aber seine Gegenwart hier im Schlosshof in Vadstena macht mich so nervös, dass mir die Knie zittern. Ich komme mir vor, als würde ich Natalie irgendwie verraten.

»Ihnen gehört der Buchladen am Marktplatz. Und ich hab den Landwirtschaftszweig gewählt, weil ich Pferdewirt werden will.«

»Pferdewirt?«

»Ja. Das Verbot, dass Katholiken nichts mit Pferden machen dürfen, ist auch aufgehoben.«

»Wirklich?«

Ola Olsson lacht wieder, während ich verzweifelt nach meinem Verstand suche, der hier irgendwo auf dem Boden herumliegen muss.

»Ist das deine Mutter?«, fragt Ola Olsson.

Jetzt erst fallen mir Sylwia und Celestyna ein, die neben mir stehen. Ich merke, dass Celestyna Ola Olsson anstarrt, als hätte sie der Blitz getroffen.

»Sie?«, sage ich. »Nein, das ist meine … unsere Putzfrau«, sage ich, ohne zu wissen, warum ich eigentlich lüge.

»Eure Putzfrau?«

»Ja, und Miss Pi… also ihre Tochter.«

Ola Olsson wirft mir einen seltsamen Blick zu, aber ich tue so, als bemerkte ich es nicht.

»Sie sind aus Polen«, fahre ich fort, als würde das alles erklären.

»Interessant.«

Ich nicke, als sähe ich das ganz genauso. Es ist mir vollkommen schleierhaft, wie ich in so kurzer Zeit so viel vermasseln konnte. Dann kommt ein Junge mit einer dänischen Fahne auf uns zu.

»Ola, wir müssen los!«

Ola Olsson dreht sich noch einmal zu mir um und lächelt entschuldigend.

»Ich muss. Aber wir sehen uns vielleicht später?«

»Ja, klar!«, antworte ich viel zu laut.

Ola Olsson schließt sich den anderen Fahnenträgern an und ist bald nicht mehr zu sehen.

»Wer war das?«, fragt Sylwia.

»Ein Klassenkamerad«, antworte ich.

»Der sah so was von gut aus«, sagt Celestyna verträumt.

Plötzlich geht ein Raunen durchs Publikum, das Zeichen, dass gleich etwas Großes passieren wird. Der Kinderchor hört auf zu singen, und stattdessen kommen Männer und Jungen in weißen Mänteln auf die Bühne, während schwere Orgelmusik aus den Lautsprechern donnert. Ein Bischof beginnt, eine Rede zu halten, von der ich kein Wort verstehe, weil ich nicht aufhören kann, an Ola Olsson zu denken.

Dann applaudieren alle, und der Papst kommt aus dem Schloss und betrit die Bühne. Er ist ganz in Weiß gekleidet und winkt mit fröhlich blinzelnden Augen der jubelnden Menge zu.

Plötzlich packt Sylwia mich mit einer ihrer Krallenhände und beginnt, mich und Celestyna durch die Menge zu zerren. Sie will näher an die Bühne heran. Die Menschen, an denen wir uns vorbeidrängen, protestieren lautstark gegen unseren brutalen Durchmarsch, und kurz vor den Bänken vor der Bühne werden wir von einem Polizisten angehalten. Mir ist Sylwias Auftritt so peinlich, dass ich beschließe, diesmal wirklich zu sterben, hier und jetzt.

»Bitte bleiben Sie hinter dieser Linie!«, sagt der Gesetzeshüter.

Vorne am Mikrofon beginnt der Papst, die heilige Messe zu lesen. Alle stehen andächtig und still. Nur Sylwia nicht.

»Warum können wir nicht weitergehen?«, fragt sie mich.

»Weil es verboten ist«, flüstere ich.

Als Sylwia sich dem Polizisten zuwendet, sehe ich in ihren

Augen denselben aufrührerischen Trotz wie bei Mutter, wenn sie es mit der Obrigkeit zu tun bekommt.

»*I am Polish*«, sagt Sylwia, das heißt, sie schreit es beinahe. Immer mehr Menschen schauen uns an und wollen uns zur Ruhe ermahnen.

»*Please*«, sagt der Polizist. »*You have to stay behind this line.*«

Der Polizist versucht, Sylwia etwas weiter nach hinten zu schieben. Sylwias Blick wird davon nur noch wilder.

»*I am Polish!*«, wiederholt sie noch lauter als zuvor.

Neben mir fängt Celestyna an zu weinen. Und plötzlich taucht Sylwia blitzschnell unter dem Arm des Polizisten durch und rennt in Richtung Bühne. Sie rennt, aber kurz bevor sie bei der Bühne ankommt, sieht sie Johannes Paul II. das Kreuzzeichen machen. Wie vom Heiligen Geist getroffen, fällt Sylwia auf die Knie und beginnt zu beten. Zwei Sicherheitsbeamte in Zivil laufen nach vorn, heben sie hoch und tragen sie weg. Der Papst, der alles gesehen hat, schenkt Sylwia ein freundliches Lächeln, bevor er mit der Messe fortfährt. Vielleicht war es aber auch ein dankbares Lächeln an die Adresse der zwei Sicherheitsbeamten.

Ich packe Celestyna und zerre sie durch die Menge, diesmal in die andere Richtung. Wir müssen weg von hier. Sofort.

Zwei Stunden später ist die Messe zu Ende. Der Papst hat mehrere Jugendliche auf die Bühne gebeten und ihnen die Hand geschüttelt, dazu hat er gleich neben dem Schloss ein mickriges Bäumchen gepflanzt. Ich bin froh, dass alles vorbei ist.

Ich sitze allein auf einer kleinen Anhöhe. Von weit oben hört man dumpfes Gewitterdonnern. Ich habe Sylwia und Celestyna verloren, aber ich mag sie nicht suchen.

Erst als fast alle weg sind und man nur noch ein paar Putzleute herumgeistern sieht, stehe ich auf, um mich um meine verlorene – und jetzt erwiesenermaßen verrückte – polnische Verwandtschaft zu kümmern. Die ersten schweren Regentropfen fallen. Weder Sylwia noch Celestyna hält sich im Nahbereich der Bühne auf, deshalb durchstreife ich das Schlossgelände. Bei dem Bäumchen, das der Papst gepflanzt hat, bleibe ich stehen. Es ist eine Esche.

Ich war so mit Sylwia und Celestyna beschäftigt, dass ich erst jetzt, wo es still geworden ist, begreife, dass ich tatsächlich den Papst gesehen habe. Nicht lange und unter Umständen, die mir womöglich eine jahrelange Psychoanalyse und die regelmäßige Einnahme von Beruhigungsmitteln eingetragen haben, aber trotzdem.

»Hallo, kleiner Baum!«, sage ich zu der kleinen Esche. »Hat dich wirklich der Papst gepflanzt?«

Ich denke an all die Menschen, die hier eben noch versammelt waren, daran, wie viel Trost sie einander gespendet haben und welch ein Gemeinschaftsgefühl unter ihnen herrschte. Und dass das Ganze kein bisschen peinlich war.

»Vielleicht wäre das Leben leichter, wenn ich katholisch wäre?«, höre ich mich leise sagen.

Ich streiche vorsichtig mit der Hand über den Stamm des Bäumchens und überlege, ob ich mir in meinem Zimmer einen kleinen Altar bauen soll. Einen Platz, an dem ich Trost finde, wenn mir alles zu viel wird. Vielleicht gibt es bei Ikea demnächst einen Hausaltar zu einem bezahlbaren

Preis (»Reuevoll« in Schwarz, Weiß oder Birke lackiert). Oder dürfen nur Buddhisten einen kleinen Privataltar haben?

Plötzlich werde ich so müde, dass ich mich gegen das Bäumchen lehne, aber ich bin wohl ein bisschen zu stürmisch dabei, jedenfalls höre ich im selben Augenblick ein leises Knacken. Ich befinde mich kurz vorm Herzstillstand. Mit blankem ENTSETZEN geht mir auf, dass ich die Esche des Papstes – ein vorchristliches Symbol für Leben – in der Mitte abgeknickt habe. Nur weil ich die beschädigte Stelle gleich mit der Hand umschließe, bleibt der obere Teil noch aufrecht stehen. Wenn ich die Hand öffne, wird der halbe Baum zur Seite knicken.

Ich sehe mich um, aber niemand scheint mein schreckliches unchristliches Verbrechen bemerkt zu haben. Gleich muss ich vor Verzweiflung heulen. Mit einer normalen schwedischen Familie wäre ich jetzt auf einem Rockkonzert, und wenn sie da überhaupt Bäume pflanzen würden, wären es vermutlich Eichen und keine zerbrechlichen Eschen.

»Da bist du ja!« Ola Olsson ist neben mir aufgetaucht. »Ich hab schon überall nach dir gesucht.«

Ich halte weiter die Hand um die Bruchstelle geschlossen. Inzwischen gießt es in Strömen. Ola Olsson schaut von mir zu dem Bäumchen.

»Was machst du da?«

»Der Baum … ist so schön.«

Ola Olssons Nähe hat wieder mein Blut in Wallung gebracht. Mein Herz schlägt mit doppelter Geschwindigkeit.

»War das nicht eure Putzfrau, die von den Sicherheitsbeamten weggebracht wurde?«

»Ja.«

Ich bin jetzt ganz nah am Heulen. Ich will die Hand wegnehmen, aber ich habe Angst, wie Ola Olsson meine gemeine Attacke gegen das Papstgeschenk finden könnte.

»Ich bin normalerweise…«, bricht es aus mir heraus, »…sanft.«

Ola Olsson schaut mich komisch an, komisch und ein bisschen verlegen.

»Ich wollte schon länger mit dir reden«, sagt er. »Du bist irgendwie anders. Auf eine gute Weise.«

Ich versuche, das, was er da gesagt hat, zu verstehen, aber gleichzeitig muss ich mir den Regen aus den Augen blinzeln.

»Und zu Hause in Skåne sind wir ja fast Nachbarn.«

Ich antworte nicht. Der Regen ist schuld, dass sein weißes T-Shirt an seinem perfekten Körper klebt, und vom Anblick seiner Brustwarzen, die sich durch den Stoff abzeichnen, wird mir leicht schwindlig.

»Du musst das Bäumchen wirklich mögen«, fügt er hinzu.

Ich schaue auf meine Hand, die immer noch krampfartig den dünnen Stamm der päpstlichen Esche umschlingt.

»Ich *kann* ihn nicht loslassen«, sage ich mit schwacher Stimme.

»Ich weiß, was du meinst. Was für ein Tag!«

Meine Hand beginnt zu zittern. Ich muss Ola Olsson loswerden, bevor sich die Hand von selbst öffnet.

»Wenn es für dich okay ist«, sage ich, »wäre ich jetzt gern allein. Ich möchte… beten.«

Ola Olsson schaut mich mit einem Blick an, der Bewunderung bedeuten könnte.

»Sicher. Entschuldige! Ich wollte nicht stören.«

»Macht nichts.«

Meine rechte Hand zittert jetzt so sehr, dass ich die linke darüberlegen muss.

»Ich will nur noch ein bisschen bei dem Baum bleiben.«

»Vielleicht willst du doch für länger als einen Tag katholisch werden?«

»Hm, hm.«

»Aber bleib nicht zu lange bei dem Regen!«

»Hm, hm.« Kann er nicht einfach gehen?

»Vielleicht treffen wir uns mal zu Hause? Während des Sommers?«

»Hm, hm.« Wie kriege ich ihn um Himmels willen weg von hier?

»Du brauchst nicht zufällig eine Mitfahrgelegenheit nach Hause?«

Ich schließe die Augen, beginne zu murmeln und schaukle dabei, ohne die Hände vom Baum zu nehmen, mit dem Oberkörper hin und her. Ich hoffe, es sieht so aus, als würde ich beten. Und es endet auch damit, dass ich bete: Um ein Leben ohne Komplikationen. Ohne Peinlichkeiten. Ohne Überraschungen. Und ohne polnische Verwandte.

Ein paar Minuten später mache ich ein Auge auf. Ola Olsson ist nicht mehr zu sehen. Ich lasse den Baum los und laufe, so schnell ich kann.

7

Am Tag darauf stehen Sylwia und ich in der Zeitung. Sylwia als »fanatische Beterin«, ich als »anonyme Vandalen«. Es war schon immer mein Traum, in der Zeitung zu stehen, entweder später mal als Nobelpreisträgerin oder ein bisschen früher als Teeniegenie, das ein hundert Jahre altes mathematisches Problem gelöst hat. Geschafft habe ich es jetzt als gleich mehrere Übeltäter, die wahrscheinlich einer rechtsextremistischen oder islamistischen Terrorgruppe angehören und den Menschen von Vadstena eine große Enttäuschung und viel Kummer bereitet haben. Außerdem sei die Gemeinde gezwungen, einen neuen Baum zu pflanzen.

Ausgerechnet jetzt bittet mich Natalie, sofort zur Boutique ihrer Mutter nach Ystad zu kommen. Sie sagt, es ist megaeilig und dass Marie leider nicht kommen kann, weil sie arbeiten muss.

In der Boutique haben sie gerade mit dem Sommerschlussverkauf angefangen, und es sind so viele Menschen da, dass ich Natalie erst gar nicht finde. Fast alle Kunden der Boutique sind braun gebrannte Frauen im mittleren Alter. Dazu gibt es ein paar Männer, die wie versteinert herumstehen und mit gelangweilter Miene und hängenden Schultern vor sich hin starren.

»Alicja!«, ruft Natalie, die mit einem Stapel geblümter Kleider in den Händen auftaucht.

Ich umarme sie, dann schaut sie mich bekümmert an.

»Was ist denn mit dir?«, fragt sie. »Du bist so blass.«

»Es ist nichts. Höchstens eine Touristenallergie oder so was.«

Ich traue mich nicht zuzugeben, wie schlecht ich seit der Rückkehr aus Vadstena drauf bin. Der Durchfall, den ich habe, kommt wahrscheinlich davon, dass ich genau weiß, was mir für meine Lügen und meine schändliche Tat in Vadstena blüht: die ewige Verdammnis in der Hölle. Die andere Möglichkeit wäre, dass meine wunden Eingeweide von dem ominösen Fleisch herrühren, das Mutter uns nach der Rückkehr aufgetischt hat. Oder davon, dass ich nicht aufhören kann, an Ola Olsson zu denken.

»Also, was war jetzt so wichtig?«, frage ich Natalie. »Was ist passiert?«

»Ola«, lautet Natalies kurze Antwort. »Warte hier!«

Sie stürzt in die Ecke mit den reduzierten Sachen und hängt die geblümten Kleider auf die Stange. Wie ausgehungerte Geier stürzen sich die Frauen darauf und nesteln nach dem Preisschild. Natalie kommt zurück und zieht mich in den kleinen Pausenraum.

»Mama, ich bin gleich wieder zurück!«, ruft sie.

Natalies blonde, superschlanke Mutter hebt nur kurz die Hand und fährt, ohne den Blick zu heben, fort, Preise in die Kasse zu tippen.

In dem Pausenraum, der auch als Büro dient, ist es kühl,

und an der Wand vor einem großen Schreibtisch hängen Listen mit langen Reihen von Nummern. Natalie setzt sich auf einen Bürostuhl und beginnt, in ihrer Handtasche zu wühlen.

Ich setze mich auch auf einen Stuhl und frage mich, ob ich erwähnen soll, dass ich Ola Olsson in Vadstena über den Weg gelaufen bin, oder lieber nicht. Ich könnte erzählen, dass ich jetzt nicht nur weiß, dass er katholisch ist und Pferde mag, sondern dass er in einem klatschnassen weißen T-Shirt auch wahnsinnig sexy aussieht. Das Problem ist: Wenn ich es erzähle, wird die Geschichte gleich viel wichtiger, als sie eigentlich ist. Und sie ist ja nicht wichtig. Zwei Schüler desselben Gymnasiums laufen sich irgendwo zufällig über den Weg. Das muss Natalie doch wohl nicht wissen? Das Ganze ist so unwichtig, dass ich schon wieder vergessen habe, dass es überhaupt passiert ist.

»Du hast recht«, sagt Natalie, die immer noch nicht gefunden hat, wonach sie sucht.

»Womit?«

»Ah, da!« Natalie hält einen weißen Zettel hoch, auf dem eine Telefonnummer notiert ist. »Mit Ola. Dass es lächerlich ist, wie ich mich anstelle. Ich ruf ihn jetzt an.«

»Nein!«

Natalie, die schon den Hörer vom weißen Telefon abgenommen hat, hält inne und sieht mich an.

»Wie ›nein‹?«

»Ich meine …« Ich kann den Satz nicht beenden, weil ich selbst nicht weiß, was ich sagen will. »Ich meine … vielleicht solltest du doch lieber warten? Bis ihr euch über den Weg lauft. Auf der Straße oder so. Und dann sehen, was geht?«

»Bist du sicher?«, fragt Natalie. »Weißt du, ich hab viel nachgedacht über das, was du letztes Mal gesagt hast. Darum wollte ich auch, dass du kommst. Damit du mir Mut machst, dass ich ihn anrufe.«

Ich lasse einen goldfarbenen Reißnagel auf dem Tisch kreiseln und versuche mich daran zu erinnern, welche Gründe ich dafür angeführt habe, dass Natalie Ola Olsson anrufen soll.

»Nein, also weißt du …«, beginne ich.

»Was?«

»Es kommt vielleicht ein bisschen … verzweifelt rüber, wenn du ihn anrufst, das ist alles.«

Natalie legt den Hörer wieder auf.

»Meinst du?«, fragt Natalie. »Wahrscheinlich hast du recht.«

Zusammen mit ihrem enttäuschten Gesichtsausdruck bricht mir Natalies blindes Vertrauen fast das Herz.

»Nicht, weil du wirklich verzweifelt *bist*«, füge ich schnell hinzu. »Aber das wissen eben nur wir beide. Ich weiß es, und du weißt es, aber bei ihm könnte es falsch rüberkommen. Bestimmt trefft ihr euch bald auf irgendeinem Fest oder so, der Sommer ist ja noch lang. Dann ergibt sich von ganz allein was, und leichter geht es noch dazu.«

Ich lege die Hand auf Natalies Schulter und zitiere aus dem *Gyllene-Tider*-Song *Lebe dein Leben*:

»*Es war auf der Party, ich hab dich entdeckt …*«

»*Du warst die Beste*«, vervollständigt Natalie. »*Warst fast perfekt.*«

Dann lächelt sie ein bisschen traurig und stopft den Zettel mit Ola Olssons Nummer wieder in ihre Handtasche.

»Natalie, du bist nicht *fast* perfekt, du *bist* perfekt – und darum verdienst du auch nur das Beste.«

Ein ums andere Mal geht das kleine Glöckchen über der Ladentür, wenn die Leute rein- oder rausgehen.

»Komm, ich spendier dir ein Eis, das größte, das wir finden können!«, sage ich. »Und dann erzähl ich dir vom Papst und meiner verrückten polnischen Verwandtschaft.«

Abends gibt es Salat mit Huhn und Erbsen aus der Tiefkühltruhe. Mutter hat den Salat geerntet, den noch die Hippie-Kommune gepflanzt hat und der weiterhin wild im Garten wächst. Obwohl Mutter beteuert, dass sie den Salat sorgfältig gewaschen hat, vergeht mir der Appetit, als eine verirrte Schnecke auf einem meiner Salatblätter auftaucht und langsam, aber entschlossen die Flucht vom Teller antritt. Hungrig gehe ich schon um neun ins Bett. Und versuche mir immer noch einzureden, dass es nicht nötig war, Natalie von meiner ganz und gar unwichtigen Begegnung mit Ola Olsson in Vadstena zu erzählen.

8

Eines Abends fasse ich mir ein Herz und stelle Mutter zur Rede. Wir sind in der Küche, und sie ist dabei, Käse in kleine Stücke zu schneiden.

»Wie lange werden sie noch bleiben?«, frage ich.

Mutter hat noch keine Stelle für Sylwia gefunden, das Haus birst immer noch von Sylwias und Celestynas Anwesenheit und tonnenweisem Gepäck. Der Dachboden ist zu einem nach Zigaretten stinkenden, chaotischen Nest mit vollen Aschenbechern und über den Boden verstreuten Schokoriegelverpackungen geworden. Schwer zu glauben, dass Sylwia sich mit einer Scheuerbürste auskennen soll.

»Jetzt hab dich nicht so!«, sagt Mutter.

»Aber du bist nicht die ganze Zeit mit ihnen zusammen.« Ich rede leiser, damit sie mich nicht hören. »Sylwia hat angefangen, ihre Zigaretten in der Badewanne im Garten auszudrücken. Und alle meine Musikkassetten sind verschwunden, *alle*. Und mein Magnolienparfum auch.«

»Morgen hat sie doch wieder ein Bewerbungsgespräch. Diesmal wird es gut laufen, glaub mir. – Schneid bitte den Schimmel von dem Käse hier ab!«, sagt Mutter und gibt mir ein Messer.

Sorgfältig schnitze ich die grünlichblau verfärbten Ränder von einem alten Stück Käse. Seit Jahren versuche ich Mutter davon zu überzeugen, dass es weder normal noch gesund ist, verschimmelte Lebensmittel zu essen, aber meine Proteste stoßen auf taube Ohren. Die immer gleiche Antwort ist: »Wenn man das Schimmlige wegschneidet, ist der Rest immer noch essbar.« Wenigstens das tun wir inzwischen.

»Und meine Zeitschriften sind auch verschwunden.«

»Wirf die Stücke hier rein!«, sagt Mutter.

Ohne groß darüber nachzudenken, werfe ich die schimmligen Käseränder in den großen Topf, den sie mir hinhält. Danach stellt sie den Topf wieder auf den Herd.

»Willst du das eklige Zeug etwa benutzen?«, frage ich entsetzt.

»Gekocht«, sagt Mutter. »Da ist das kein Problem. Das wird die Käsesauce für die Lasagne.«

»Aber Schimmel verschwindet doch nicht beim Kochen!«

Statt mir zu antworten, schüttet Mutter Milch in den Topf.

»Schimmel verschwindet nicht beim Kochen!«, sage ich noch einmal und jetzt hörbar hysterisch. »Schimmliger Käse ist kein schmutziges Handtuch, das man auskochen kann! Man kann ihn auch nicht sterilisieren wie ein Operationsbesteck!«

»Es ist guter Käse. Ich denke nicht daran, ihn wegzuwerfen.« Mutters frostiger Ton ist das Zeichen dafür, dass das Gespräch beendet ist.

239 Akzeptiere, dass entgegen den dringenden Empfehlungen der Lebensmittelbehörden und trotz des nachweislichen Zusammenhangs zwischen dem Verzehr verschimmelter Lebensmittel und dem Auftreten allergischer Reaktionen und schlimmer Krankheiten bis hin zu Tumoren, für die bestimmte Schimmelarten einen idealen Nährboden bilden,

alter schimmliger Käse nicht etwa wegzuwerfen ist, sondern noch problemlos für Lasagne verwendet werden kann.

Gemartert von der Frage, wie um Himmels willen ich später die Lasagne essen, ja, wie ich überhaupt je wieder etwas essen soll, gehe ich ins Wohnzimmer. Zwischen Umzugskartons und halb gefüllten Bücherregalen verkrieche ich mich in einen Sessel und warte, dass Vater anruft. Wenn er weg ist, ruft er jeden Abend an.

»Papa, sie tut schimmligen Käse in die Lasagne«, sage ich, kaum dass ich abgehoben habe.

Lange höre ich nur das Rauschen in der Leitung.

»Herzchen, es ist nicht leicht, wenn zwei Kulturen aufeinanderstoßen«, sagt Vater schließlich. Er hat gut reden irgendwo in Kalifornien.

Ich überlege mir noch eine Antwort, in der ein Wortspiel mit Schimmelkulturen und der schwedischen Esskultur vorkommen soll, als er schon nach dem Wetter fragt. Das ist bei *ihm* das Zeichen, dass ein Gespräch beendet ist.

Am nächsten Morgen fahren Sylwia, Celestyna und ich mit dem Bus nach Ystad. Dort hat Sylwia ihr Bewerbungsgespräch. Mutter musste früh zur Arbeit, weil die polnischen Probleme bei der Polizei pünktlich mit der 6.30-Uhr-Fähre aus Świnoujście anfangen. Darum bin *ich* Sylwias Begleiterin für den Fall, dass Sylwias Englisch ausgerechnet heute nicht so gut ist wie sonst. Wir wissen inzwischen, dass ihre Englischkenntnisse an ihre Launen gekoppelt sind.

Am Tag, als wir in Vadstena waren, hat Mutter selbst eine

Anzeige für eine im Haushalt wohnende Putzhilfe in die Zeitung gesetzt. Seitdem arbeiten wir eine Liste von interessierten Leuten ab.

Die ersten Treffen finden immer in dem Lokal an der Tankstelle beim Bahnübergang statt. Mutter hat in der Anzeige nicht erwähnt, dass das »im Haushalt wohnend« eine halbwüchsige Tochter einschließen soll, darum muss Celestyna vor der Pizzeria auf der anderen Straßenseite warten.

Für mich ist es das vierte Mal, dass ich zu so einem Gespräch mitkomme, und bisher hatte Sylwia an allen potenziellen Arbeitgebern etwas auszusetzen.

Der erste war ein Witwer, der auf einem Bauernhof außerhalb von Tomelilla lebte und Sylwia irgendwie nicht geheuer war. Vor einem zweiten Treffen wollte sie jedenfalls den Totenschein sehen, aus dem hervorging, woran seine Frau gestorben war.

Beim zweiten Mal war es eine Familie mit Kindern, die Hilfe brauchte, weil sie gerade Zwillinge bekommen hatten. Seitdem wissen wir, dass Sylwia von Kleinkindern Hautausschlag bekommt.

Der dritte war dann ein Inder aus Malmö, der Sylwia für die Pflege seiner sterbenden Mutter engagieren wollte. Leider hatte er nur eine Zweizimmerwohnung, das konnte von vornherein nicht funktionieren. Sylwia sagte aber auch ganz offen, dass sie von Menschen aus Indien Gänsehaut bekommt, und zwar keine wohlige.

Zum Glück hat noch keiner der potenziellen Arbeitgeber nach Sylwias Arbeits- oder Aufenthaltserlaubnis gefragt. Sie besitzt nämlich beides nicht.

Als der Bus durch Glemmingebro fährt, denke ich an Marie und Natalie. Hinter dem Ort beginnt ein großes Weizenfeld. Es wogt wie ein hellgrünes Meer, und ich denke an Ola Olsson. Schon allein sein Name gibt mir ein warmes Gefühl. Natalie darf nie …

Sylwia lehnt sich konspirativ gegen meine Schulter.

»Diesmal hab ich ein gutes Gefühl«, sagt sie.

Der Mann, den wir treffen sollen, heißt Evert und besitzt einen Bauernhof bei Simrishamn.

»Soll ich dir was verraten?«, fährt Sylwia fort.

»Was?«, frage ich.

»Ich werde ihn heiraten«, sagt Sylwia.

»*Ale* …«, sage ich. *Aber* … Aber es gibt so viele Aber bei der Sache, dass ich es lieber lasse und den Mund halte.

Stattdessen lächle ich Sylwia aufmunternd zu. Von mir aus könnte sie den in ganz Vallerup als Trinker bekannten Sixten heiraten, Hauptsache, dass sie und Celestyna verschwinden aus unserem Haus.

»Ich drück dir die Daumen«, sage ich.

In dem Lokal an der Tankstelle wartet Evert schon auf uns. Wir sind etwas zu spät, weil Celestyna sich plötzlich weigerte, wieder vor der Pizzeria zu warten. Bis Sylwia drohte, sie nach Polen zurückzuschicken, und Celestyna sagte, sie wäre sowieso hundertmal lieber zu Hause als in diesem blöden kalten Land. Das war das offene Ende der Debatte. Jetzt stürzen Sylwia und ich durch die Eingangstür.

Evert ist um die fünfzig und hat raue, grobe Hände. Über die Lehne seines Stuhls hängt eine orange *Helly-Hansen-*

Winterjacke, obwohl es mitten im Sommer ist. Trotz einiger fehlender Zähne macht er von allen bisherigen Kandidaten den nettesten Eindruck. Er fragt auch gleich, ob er uns was zu essen bestellen kann. Sylwia und ich teilen uns eine Pizza Vier Jahreszeiten, obwohl ich eigentlich nicht hungrig bin. Die ganze Nacht hatte ich Albträume von einer Armee weicher Schimmelmonster, die auf einer großen Welle Blasen werfenden gelben Käses ritten und dabei katholische Kirchenlieder sangen. Auf Polnisch.

»Raucht sie?«, fragt Evert vorsichtig.

Ich übersetze, und Sylwia antwortet mit einem heftigen Kopfschütteln.

»Ja. Aber sie hat beschlossen, damit aufzuhören«, sage ich.

»Ja, wie gesagt«, sagt Evert. »Der Hof ist groß. Und ich bin allein. Es gibt viel zu tun. Ich hab schon den einen oder anderen Polen – also Mann jetzt – dagehabt für die anderen Sachen, die auf einem Bauernhof anfallen. Ich weiß, dass der Pole fleißig ist.«

Er redet von uns wie von einer besonderen Spezies, einer besonders fleißigen Ameisenart.

»Wollt ihr Nachtisch?«, fragt Evert.

So wie Sylwia auf ihrem Stuhl herumrutscht, ist sie schon auf Entzug, also sage ich Nein danke und dass wir so bald wie möglich von uns hören lassen. Als wir aufstehen, um zu gehen, steht Evert auch auf und schüttelt uns die Hand. Ich merke, dass ihm an zwei Fingern das letzte Glied fehlt.

Celestyna gabeln wir vor der Tankstelle auf, die Leute von der Pizzeria haben sie verscheucht. Während wir in Richtung Zentrum gehen, erzählt Sylwia ihrer Tochter begeistert, dass sie endlich den Richtigen gefunden hat. Wie um den Tag noch mehr zu vergolden, verschwinden darauf die Wolken und die Sonne kommt heraus.

Am Marktplatz stürzen sich Sylwia und Celestyna in den *Lindex*-Laden, um Kleider zu kaufen. Schließlich verdient Sylwia bald Geld und hat im Prinzip gerade ihren dritten Mann gefunden.

Ich setze mich draußen auf eine Bank und genieße die Sonne. Wir wollen uns um eins mit Mutter treffen und mit ihr nach Hause fahren. Die wärmende Sonne scheint alle Probleme der Welt wegzuschmelzen. Ich bin echt erleichtert, dass wir Sylwia und Celestyna bald los sein werden. Nur Evert tut mir ein bisschen leid. Evert, der noch nicht weiß, dass Sylwia mit einer dreizehnjährigen Tochter und tonnenweise Gepäck einfallen wird.

Dann entdecke ich Ola Olsson, der sein Fahrrad über den Marktplatz schiebt. Mein Herz beginnt so heftig zu schlagen, dass es mir fast den Brustkorb sprengt. Und da entdeckt Ola Olsson mich. Auf seinem Gesicht breitet sich ein Lächeln aus, und er kommt zu mir her. Obwohl ich mich nicht bewege, spüre ich, dass ich an der Bank festklebe.

»Hallo, Alicja!«

»Ola«, sage ich. Und dann, keine Ahnung, warum: »Olsson.«

»Ola reicht«, sagt Ola.

»Danke«, sage ich und spüre meine Wangen glühen.

»Ich stör doch nicht? Ich meine, falls du betest oder so?«

Ich schüttle den Kopf.

Aber das hier ist falsch. Es ist Natalie, die unsterblich in Ola Olsson verliebt ist. *Sie* sollte ihn auf der Straße treffen.

Wenn Natalie mich jetzt sehen könnte, würde sie mir nie verzeihen. Das hier ist die schlimmste Sorte Verrat an einer Freundin überhaupt. Man *hat* kein Interesse an dem Jungen, in den die Freundin unsterblich verliebt ist, und man zeigt auch keins.

»Wie geht's eurer Putzfrau?«

»Gut!« Ich bin wie hypnotisiert von Ola Olssons blauen Augen. »Sie hat jetzt noch eine zusätzliche Stelle. Als Putzfrau. Bei *Lindex*. Nein, bei Simrishamn. Evert heißt der Mann. Also, sie putzen natürlich nicht zusammen. *Sie* putzt bei *ihm*. Bevor sie dann heiraten. Allerdings weiß er nichts davon. Noch nicht. Erst zieht nämlich die Tochter ein. Das weiß er auch noch nicht.«

Ich setze mich aufrecht und hoffe inständig, dass eine aufrechte Haltung zu einer verständlichen Art sich auszudrücken führt.

»Sie hatte schon einen Mann, ihren ersten, einen verrückten Koch. Auf einem Schiff. Unsere Putzfrau, nicht ihre Tochter. Die ist noch zu jung, um einen Mann zu haben. Danach hatte sie einen, der sie geschlagen hat, beide, also unsere Putzfrau *und* die Tochter. Der Mann jetzt, der zweite. Sonst hat niemand in der Familie geschlagen. Und bald werden sie heiraten. Unsere Putzfrau und Evert.«

Mein Hals ist schon ganz trocken vom Reden.

»Wie gesagt, es geht ihr gut.«

Ola Olsson sagt nichts.

»Alicja! *Da* bist du!«

Mutter ist mit ein paar Einkaufstüten in der Hand neben Ola Olsson aufgetaucht.

Die Situation ist blitzartig von »fast unter Kontrolle« zu

»nichts wie weg hier« umgeschlagen. Ich kann meinen Kopf darauf verwetten, dass Mutter gleich etwas Unpassendes sagen wird!

»Und wer ist *das*?«, fragt Mutter mit Blick auf Ola Olsson. »Hallo, ich bin Beata.«

»Meine Mutter«, sage ich.

»Ola«, sagt Ola Olsson, und sie geben sich die Hand.

»Olsson«, füge ich hinzu und überlege für Sekundenbruchteile, dass jetzt noch Zeit wäre, quer über den Marktplatz zu flüchten.

»Ein Freund meiner Tochter darf ich annehmen?«, fragt Mutter in ihrem feinsten Schwedisch, das klingt, als fände man sich plötzlich in einen Salon des achtzehnten Jahrhunderts versetzt.

»Wir gehen in dieselbe Schule«, sagt Ola Olsson.

»Österport«, sage ich blöderweise. »Er mag Pferde.«

Sie sehen mich beide an, aber nur Mutter hat auf einmal diesen misstrauischen Blick, der eine katastrophale Wendung unserer bisher erstaunlich harmlos verlaufenen Begegnung ankündigt. Ich beschließe vorsichtshalber, die Unterhaltung in möglichst harmlose Bahnen zu lenken.

»Was hast du gekauft?«, frage ich.

Mutter beginnt strahlend, in ihren Tüten zu wühlen.

»Drei Käse zu einem Spottpreis, nur weil heute das Verfallsdatum abläuft. Und eine Dose gelbe Farbe.«

Mein Magen schlägt Alarm: Käse und die Farbe Gelb sind bis auf Weiteres tabu.

Dann sagt Ola Olsson: »Ich wollte fragen, ob du nicht Lust hättest, dich mit mir zu treffen? Am Samstag. Wir könnten ins *Starshine* gehen oder so.«

»Auf Wiedersehn, wir müssen gehn«, sagt Mutter wie eine reimende Vorschullehrerin und packt mich am Arm.

Etwas verdutzt und dann enttäuscht steht Ola Olsson da, während Mutter mich in Richtung Hafen dirigiert.

»Was soll das?«, frage ich.

»Männern, die Pferde mögen, kann man nicht trauen«, ist Mutters Antwort.

»Was?«

»Wo sind Sylwia und Celestyna?«

Ich hätte gern erfahren, was Männer, die Pferde mögen, verdächtig macht und warum Ola Olsson so schnell auf Mutters Endlosliste von »Menschen, denen man nicht trauen kann« gelandet ist. Vielleicht ein andermal.

240 Akzeptiere, dass man nachfolgenden Menschen nicht trauen kann: männlichen Frauenärzten, Frauen, die mit Vornamen Patrycja heißen, allen Politikern, dem Personal auf Polenfähren (auch allen!), Russen, Tschechen, katholischen Priestern, der Zeitansage, Automechanikern in Ingelstorp und jetzt also auch noch Männern, die Pferde mögen.

Die Gründe, weshalb man auf Mutters schwarzer Liste landet, sind in der Regel beliebig oder im besten Fall diffus.

Kurz darauf kommt Sylwia aus dem *Lindex*-Laden. Nur Celestyna will noch nicht nach Hause, sondern in Ystad bleiben und dann den Bus nach Vallerup nehmen. Die Unterhaltung kommt nach einem kurzen Wortwechsel sofort auf Sylwias Arbeitgeber und künftigen Mann, Evert. Mutter scheint genauso erleichtert wie ich und kündigt an, dass wir das feiern werden. Sowieso seien wir heute Abend eine Person mehr am Tisch. *Er* werde nämlich nach Hause kommen.

Er. Auch wenn das »Er« nicht am Satzanfang gestanden hätte, hätte man an ihrem Tonfall gemerkt, dass es sich um einen »Er« mit großem E handeln muss. Der heilige Sohnemann. *Er*, der auf dem Wasser gehen und Wasser in Wodka verwandeln kann. Der einzige Sohn meiner Eltern und mein großer Bruder: Rafał. Falls ihr euch fragt, warum dieses höchste Wesen, dieser tadellose Götterknabe bisher noch nicht aufgetaucht ist: Die Antwort lautet Indien.

Ein paar Stunden später ist Mutter so aufgekratzt, als wäre Elvis von den Toten auferstanden, um ausgerechnet in Vallerup ein Konzert zu geben. Sie hat sogar den Tisch im Wohnzimmer freigeräumt und ihn mit dem Sonntagsgeschirr gedeckt. Ich soll das Haus durchsaugen, das Badezimmer putzen und den Rasen mähen, bevor Rafał kommt.

Ich bin gerade dabei, die Kippen aus der Gartenbadewanne zu klauben, als mich plötzlich jemand von hinten anfällt: ein stinkender, schmutziger Landstreicher, der mich so fest packt, dass ich mich nicht mehr bewegen kann. Dann beginnt der Penner an mir zu schnuppern.

»Du riechst nach Urin«, sagt er. »Hast du dir das Gesicht mit Urin gewaschen?«

»Nein!«, schreie ich. »*Du* stinkst, du Ekel!«

Der Landstreicher lässt einen langen, trompetenähnlichen Furz, und die Atemluft ringsum wird von lebensgefährlichen verdorbenen Gasen verdrängt. Sogar die Ringeltaube in der Birke fliegt auf, und wahrscheinlich bleiben in der Nachbarschaft die Uhren stehen.

»Stimmt genau«, sagt der Landstreicher gut gelaunt und lässt mich los.

Ich boxe ihn hart in den Magen.

»Idiot!«

Mutter kommt aus dem Haus gestürzt und löst sich sofort in Tränen auf.

»Rafał! Um Gottes willen, wie siehst du denn aus?«, bricht es aus ihr heraus.

Und sie hat recht. Rafałs Hose und Pulli sind löchrig und vollkommen verdreckt. Seine Wangen sind grau, der Bart verfilzt, und seine lockigen Haare erinnern an ein vertrocknetes Elsternnest. Statt eines Gürtels trägt er eine blaue Plastikschnur, und die Sohlen können sich jeden Augenblick vom Rest seiner Schuhe lösen. Außerdem hat er so viel Gewicht verloren, dass er sich als Gesicht für eine Kampagne gegen die Ruhr bewerben könnte.

»Wie aus dem KZ«, schluchzt Mutter.

Es folgen ein großes Sich-Umarmen und nicht enden wollender Jubel über die Heimkehr des verlorenen Sohnes, bevor Rafał duschen, Haare waschen, sich rasieren und sich entlausen geht. Sylwia und Celestyna stehen ein bisschen verschreckt dabei.

Während des Abendessens erzählt Rafał, was er alles gemacht und wie er sich von Amsterdam nach Schweden durchgeschlagen hat, wo er vor drei Tagen angekommen ist.

Wir essen verbrannten Dorsch mit dem Rest der Sauce, die Mutter vor ein paar Wochen zu den Hamburgern gemacht hat.

»Und wie war's in Delhi?«, fragt Mutter andächtig.

»Dreckig, chaotisch und stinkend«, sagt Rafał. »Ich hab's geliebt!«

Seit er mit der Schule fertig war, ist Rafał nur durch die Welt gereist. Erst war er ein Jahr in Australien, dann in Kanada und zuletzt in Indien, wo er mit wackligen Bussen und Zügen voller Kakerlaken von Mumbai bis in den Himalaya gereist ist. Ich durfte nicht mal mit Natalie und Marie über Ostern nach Kopenhagen, aber Rafałs Lotterleben ist toll. Oder nein: ein Wunder.

»In Delhi hab ich ein paar Norweger getroffen, bei denen kann ich im Sommer ein paar Monate auf dem Fischkutter jobben«, erzählt Rafał. »Mit dem Geld, das ich da verdiene, könnte ich endlich nach Kolumbien.«

Rafał leert sein Bierglas und nimmt die vierte Portion verbrannten Fisch.

»Und? Hast du eine Freundin?«, fragt Mutter.

»Nein, ich übe noch«, sagt Rafał, und alle außer mir brechen in Lachen aus.

»Alicja, bring deinem Bruder noch ein Bier aus der Küche!«, sagt Mutter, ohne den Blick von Rafał zu wenden.

Aschenputtel geht in die Küche, um Bier zu holen, und träumt dabei vom großen Ball.

Nach dem Abendessen geht Rafał mit Sylwia hinaus, um eine zu rauchen. Als Sylwia wiederkommt, schleiche ich mich hinaus und setze mich neben Rafał auf die Treppe. Vor uns leuchtet die untergehende Sonne.

»Ich glaube, Sylwia versucht sich an mich ranzumachen«, sagt Rafał.

»Würde mich nicht wundern«, sage ich. »Benutz bloß ein Kondom!«

Wir schauen uns an und schneiden Ekelgrimassen.

»Glückwunsch, du könntest Celestynas Stiefvater werden.«

Rafał bietet mir eine Zigarette an, und ich schüttle den Kopf.

»Hast du noch nicht angefangen zu rauchen?«

»Ich warte, bis es wieder uncool wird.«

Wir sitzen in der behaglichen Stille, die man nur mit jemandem haben kann, mit dem man sein ganzes Leben geteilt hat. Rafał schaut über die Schulter aufs Haus.

»Richtig fertig sieht es noch nicht aus.«

»Nein. Sie schiebt die Kartons und Kisten von einem Zimmer ins andere. Sie hat tausend Sachen angefangen, aber nichts zu Ende gebracht.«

Rafał nickt. Ich hole tief Atem.

»Hast du dich mal für ein Mädchen interessiert, auf das dein bester Freund stand?«

»Klar«, sagt Rafał und drückt seine Zigarette aus.

Stille. Mit dem Fuß schubse ich eine Fliege von der Treppe.

»Ich rieche nicht nach Urin, oder?«, frage ich leise.

»Nein, Mama hat mir von deinen Pickeln und Jadwigas Hausmittel erzählt. Ich hatte sie aus Indien angerufen.«

Gut zu wissen, dass solche Nachrichten auch bis nach Indien durchdringen.

»Manchmal hab ich alles so satt«, sage ich noch leiser.

»Was zum Beispiel?«

»Zum Beispiel … Meinst du nicht, dass unser Leben hier leichter wäre, wenn wir eine schwedische Mutter hätten?«

Rafał denkt nach.

»Ich glaube nicht, dass es was damit zu tun hat, dass sie aus Polen ist.«

Irgendwo hört man den lauten Schrei eines Fasans, gefolgt von Flügelschlagen.

Am nächsten Morgen beim Frühstück erzählt Mutter, dass sie Evert angerufen hat. Sie haben abgemacht, dass Sylwia bei ihm anfangen wird, sobald der Rest von ihren und Celestynas Sachen aus Polen hier ist.

»Der Rest?«, frage ich. »Sie haben *noch mehr* Sachen?«

»Ich hab schon die Karten für die Fähre besorgt«, sagt Mutter in die Runde. »Alicja und ich fahren am …«

Ohne den Schluss des Satzes abzuwarten, renne ich hoch in mein Zimmer, schmeiße mich aufs Bett und weine in meine Decke. Dann fange ich an zu packen.

9

Die Sonne scheint durchs offene Fenster in die kleine Wohnung in der ulica Lipowa in Gdynia. Draußen ist es schrecklich heiß, aber in der Wohnung ist es angenehm kühl.

Ich sitze mit Babcia – meiner Großmutter – gemütlich am Tisch, wir putzen Erdbeeren, die Tante Halina auf dem Markt gekauft hat. Der Tisch ist mit Zeitungspapier bedeckt, und die Erdbeeren liegen auf einem Haufen in der Mitte. Babcia benutzt ein kleines Messer mit einem Holzgriff und ich meine Hände, um die kleinen grünen Blättchen zu entfernen. Normalerweise ist die Wohnung voller Tanten, Onkel und Cousinen, aber jetzt gerade sind wir allein, und es ist schön, einfach nur dazusitzen, nichts zu reden und zu sehen, wie die Hände immer rotfleckiger werden.

Ich greife nach einer ungewöhnlich runden und perfekten Erdbeere, die mich sofort an Ola Olsson erinnert. Meine Wangen nehmen dieselbe Erdbeerfarbe an wie meine Hände, aber zum Glück merkt Babcia nichts.

»Hat Mutter erzählt, dass ich den Papst gesehen habe«, frage ich auf Polnisch.

Babcia wiegt lächelnd den Kopf.

»Ich hab's gehört«, krächzt sie. »Meine Enkelin und der Papst!«

Eine warme Welle des Stolzes überflutet mich, während

Babcia sich mithilfe ihrer Stöcke schwerfällig erhebt. Nach einer Weile kommt sie mit einem eingerahmten Foto von Johannes Paul II. zurück. Wir stellen das Bild auf den Tisch. Mit dem Papst sind wir jetzt zu dritt. Dann putzen wir gemütlich weiter.

Seit drei Tagen sind Mutter und ich schon in Gdynia, und das hier ist mein erster ruhiger Augenblick. Wir schlafen im Wohnzimmer der Wohnung in der ulica Lipowa, wo Babcia, Tante Halina, ihr Mann Jerzy und mein Cousin Marek wohnen. Es ist eine winzig kleine Wohnung in einem grauen Mietshaus mit bröckelndem Mauerwerk und einem Keller, in dem es Ratten geben soll.

Es gibt viele Dinge in Polen, die mich traurig machen: das magere Angebot in den Lebensmittelgeschäften zum Beispiel oder die abgestandene Luft in den Treppenhäusern, die altmodischen Kleider, die meine Verwandten tragen, der stinkende schwarze Rauch, der hinten aus den Bussen quillt, und Tante Halinas Jubel über die tollen Sachen, die wir aus Schweden mitgebracht haben (*Marabou*-Milchschokolade, Slips, Glühbirnen). Ich finde es bewundernswert, dass die Polen überhaupt noch Lust haben, morgens aufzustehen. Dass sie eine eigene Nation sein wollen, obwohl sie so lange die Fußabstreifer Europas waren. Erst wurde das Land von den Nazis überfallen und Millionen Polen wurden getötet, dann kamen die Kommunisten und alles wurde verboten, und unsere Verwandten brauchten eine besondere Erlaubnis, wenn sie uns besuchen wollten.

Und trotzdem sind die Menschen hier keine Trauerklöße.

Ein polnisches Abendessen mit der Verwandtschaft ist das genaue Gegenteil von einem zu Hause, wenn Vaters Geschwister still bei Tisch sitzen und schweigend ihren Kaffee schlürfen. Seit wir in Gdynia angekommen sind, wird jeden Abend groß aufgetischt mit eingelegten Gurken, Roter Bete, Tomaten, Schwarzbrot, Wodka, noch mehr Wodka und viel Lachen. Man prostet einander zu, und alle reden gleichzeitig. Alle meine Onkel haben große störrische Schnurrbärte und sehen wie Wodka trinkende Walrosse aus. Falls jemand genauer wissen will, wie es bei einem ganz normalen polnischen Abendessen mit Verwandten zugeht:

»Haben alle was zu essen?«

»Jerzy, Zbychus sitzt auf dem Trockenen!«

»Alicja, ich fass es nicht, wie groß du geworden bist – eine richtige Dame.«

»Hier, nimm eine Tomate!«

»*Na zdrowie!*« (Gläserklirren)

»Schau, die Gurke sieht wie General Jaruzelski aus!«

»Wäschst du dir wirklich das Gesicht mit Urin, wie Jadwiga es vorgeschlagen hat?«

»Und die Kartoffel wie Lech Walesa!«

»Nein, nein, nicht noch mehr Wein!«

»Man kann auch eine Creme aus welken Brennnesseln, Weinessig und Sauermilch machen, die hilft auch gegen schlechte Haut.«

»Hier, nimm noch eine Kabanossi!«

»Los, Mama, trink, sonst gibt's Ärger!«

»Kennt ihr den: Wie hält man eine russische Armee auf, die zu Pferde angreift?«

»Aber nur einen kleinen Tropfen – es reicht, es reicht!«

»Man zieht dem Karussell den Stecker raus!«

»Hier, nimm ein Ei! Iss, *kochana*, iss!«

»Jerzy, schenk Zbychus nach!«

»Hat Celestyna euch schon aus dem Haus gefressen?«

»*Na zdrowie!*« (Gläserklirren)

»Beata sagt, du hast immer noch keinen Freund?«

»Was ist das für ein Land, wo eine wie Alicja noch keinen Freund hat? Was? Die Schweden sollten sich schämen.«

»Kennt ihr den von dem Russen, der in einem schwedischen Telefonbuch blättert?«

»Hier, nimm Butter! Es ist echte Butter vom Markt.«

»Der Russe liest Svensson ... Svensson ... Svensson ... – wie viele Telefone hat dieser Svensson eigentlich?«

»Marek, hast du nicht irgendwelche Freunde, die Alicja treffen könnte? Aber nicht der kleine Dicke mit den Schweißhänden!«

»Noch Kirschkompott?«

»Kennt ihr den von der Blondine, die zum Arzt geht, weil ihre rechte Brust plötzlich doppelt so groß ist wie die linke?«

»Nimm ein bisschen mehr Brot, *kochana*! Es ist die leckere Sorte.«

»Jerzy, schenk Zbychus nach!«

Am nächsten Tag fahren wir von Gdynia nach Norden, nach Rumia, wo wir den Rest von Sylwias und Celestynas Sachen holen wollen. Während der ganzen Autofahrt ist mir, als hätten wir etwas vergessen, aber ich komme nicht darauf, was.

In einer Gegend mit klotzigen Hochhäusern parken wir

den Volvo vor dem Haus mit der Nummer 16. Das Hochhaus wirft einen Schatten, der sich, statt zu kühlen, nur schwer auf meine Gänsehaut legt. Eine Bande kleiner Jungs in Badehosen und staubigen Sandalen kommt gerannt, um den Volvo mit den ausländischen Nummernschildern genauer in Augenschein zu nehmen.

»Woher kommt ihr?«, fragt einer der weniger schüchternen.

»Aus Schweden«, antwortet Mutter.

Die Jungen holen andächtig Luft und starren weiter das Auto an. Der kleinste Junge berührt es vorsichtig, zieht die Hand aber ganz schnell wieder zurück und lächelt mich verlegen an.

Wir nehmen einen nach Schmutz und Urin stinkenden Aufzug in den neunten Stock, gehen durch einen langen dunklen Gang und öffnen die Tür zu Sylwias Wohnung. Mir ist immer mehr, als hätten wir etwas vergessen, aber ich komme immer noch nicht darauf, was.

Der Geruch verschiedener Körperflüssigkeiten, von Sauerkraut und Staub schlägt uns entgegen, als wir die Wohnung betreten. Ich höre, wie der Nachbar sich räuspert, bevor er die Toilettenspülung betätigt, in einer anderen Wohnung kläfft ein Hund. An den Wänden kleben braune Tapeten mit beigen Ornamenten, und im Badezimmer stehen zwei mit Wasser gefüllte Eimer. Von der Toilette kommt ein anhaltendes Rauschen. Alle Möbel sehen aus, als stammten sie aus der Zeit vor dem Naziüberfall und dem Zweiten Weltkrieg. Das harte Sofa im Wohnzimmer ist mit einem hellgrünen synthetischen Material bezogen, achtlos hingeworfen liegen eine fleckige Wolldecke und ein Kissen darauf. In der Küche reiht

sich Flasche an Flasche: auf dem Fensterbrett, unter der
Spüle und unter dem Tisch, alle leer.

»Beeil dich!«, flüstert Mutter.

»Warum?«, frage ich, aber das Alarmlicht in meinem Kopf
hat schon zu blinken begonnen. »Und warum flüsterst du?«

»Damit wir fertig sind, bevor Sylwias Mann nach Hause
kommt«, sagt Mutter und macht eine Schranktür nach der
anderen auf.

Da erst dämmert es mir – das war es, was ich vergessen
hatte! Sylwias Mann! Ihr gewalttätiger Suffkopf von Mann.
Das Kissen und die Decke auf dem Sofa! Die Flaschen in der
Küche! Die Schlagzeilen der Abendzeitungen zu Hause in
Schweden treten mir schmerzlich klar vor Augen: *MUTTER
UND TOCHTER AUF POLENREISE BESTIALISCH ER-
MORDET!*

»Und wenn er noch hier ist?«

»Er müsste bei der Arbeit sein, aber Sylwia sagt, manchmal schicken sie ihn heim, wenn er zum Busfahren zu besof-
fen ist.«

Richtigstellung:

*MUTTER UND TOCHTER AUF POLENREISE VON
BETRUNKENEM BUSFAHRER BESTIALISCH ERMOR-
DET!*

»Aber … aber … was … wenn er …«

»Da sind sie! Jetzt beeil dich!«

Mutter hat den Schrank mit den Sachen, die wir nach
Schweden mitnehmen sollen, gefunden, und wir beginnen,
sie zur Tür zu schaffen. Es ist alles in Taschen und Tüten ver-
packt.

Mir schlägt das Herz bis zum Hals. Ich habe entsetzliche

Angst, dass jeden Moment ein durchgeknallter besoffener Busfahrer in die Wohnung stürmt. Seit Sylwias und Celestynas Flucht nach Schweden hat Sylwias Mann Tante Halina jeden Tag angerufen und gefragt, wo sie sind. Sie hat es ihm natürlich nicht erzählt, aber wenn er jetzt nach Hause käme, hätte er eine gute Chance, an alle Informationen zu kommen, die er braucht. *Ich* würde sie ihm geben. Unter Folter sage ich alles. Nein, ich würde ihm auch so alles erzählen, die schnellste Busverbindung zwischen Ystad und Vallerup inklusive. Auch ohne Folter. Wenn er mich nur am Leben lässt!

»Weiß er, dass wir hier sind?«

»Natürlich nicht«, flüstert Mutter.

»Also ist das hier ein Einbruch!«

»Es ist kein Einbruch, wenn man Schlüssel hat.«

»Aber …«

»Er würde die Sachen niemals freiwillig herausrücken«, sagt Mutter. »Sei vorsichtig und rühr keine von den Flaschen an! Sieht aus, als ob er die sammelt.«

Richtigstellung:

MUTTER UND TOCHTER AUF POLENREISE VON BETRUNKENEM BUSFAHRER ZERSTÜCKELT UND IN FLASCHEN ABGEFÜLLT!

Während wir unsere Lasten zum Aufzug schleppen, kommt eine ältere Frau aus der Wohnung gegenüber. Hinter ihr kläfft ein kleiner Hund und springt dazu wie ein Gummiball auf und ab.

»Was geht hier vor?«, fragt sie. »Wo ist Pani Kowalska?«

Pani heißt auf Polnisch Frau, Pan Herr. Ich frage mich auch, wer und wo Frau Kowalska sein könnte, bis ich darauf komme, dass Sylwia und Celestyna mit Nachnamen so heißen.

»Weiß Pan Kowalski davon?«, fährt die Nachbarin fort.

»Das geht Sie nichts an«, sagt Mutter kaltschnäuzig.

Die Nachbarin schlägt die Tür mit einem Knall wieder zu. Zu dem Kläffen kommt jetzt ein dumpfes Klatschen. Offenbar beginnt der kleine Hund, sich gegen die Wohnungstür zu werfen.

Bevor wir die Tür zur Sylwias Wohnung endgültig schließen, entdecke ich ein kleines gelbes Kaninchen mit einem dunkelblauen Halsband, das Celestyna gehören muss. Ich stopfe das Kaninchen in die Jackentasche und stelle mir vor, wie glücklich Celestyna sein wird, wenn ich es ihr gebe.

Jetzt, wo ich gesehen habe, wie fürchterlich sie in Polen gewohnt haben, werde ich nie wieder etwas Dummes über Sylwia und Celestyna denken. Ich werde mit Freuden im Garten herumlaufen und Sylwias Kippen aufsammeln. Ich werde Celestyna Schokolade kaufen, bis sie ins Zuckerkoma fällt. Ich werde vorschlagen, dass wir alle drei zu *Lindex* shoppen gehen und ich alles bezahle, was sie haben wollen. Celestyna kann sogar mein Magnolienparfum behalten.

Als wir zum Auto kommen, sehe ich, dass die kleinen Jungs versucht haben, den Volvo-Schriftzug am Heck des Wagens zu entfernen, aber sie haben nur einen Buchstaben geschafft.

Als der Olvo vom Hochhaus Nummer 16 wegfährt, bete ich ein stilles Gebet, dass ich nie wieder nach Rumia kommen muss. Und nie in den Schlagzeilen der Abendzeitung landen werden.

10

Der letzte Tag in Gdynia versinkt im Chaos. Das Auto muss gewaschen, gleich kiloweise Brot gekauft und Vaters Uhr vom Uhrmacher abgeholt werden. Dann packen wir sämtliche Taschen um, weil Fleisch und Würste darin tief unten versteckt werden müssen, danach geht es Tomaten kaufen. Zwei Tanten müssen auch noch besucht und noch einmal müssen mehr Kronen im Hotel Gdynia in Zloty gewechselt werden, denn Mutter möchte unter anderem noch eine Tischdecke von den alten Frauen vor dem Hauptbahnhof erstehen. Bei einem Cousin in Sopot wären drei Dosen Honig und zwei Dosen eingelegte Gurken abzuholen – von der Million Kleinigkeiten, die sonst noch zu erledigen sind, zu schweigen.

Am Morgen der Abreise versuchen wir verzweifelt, all unser Gepäck und dazu die Sachen von Sylwia und Celestyna ins Auto zu quetschen, als Mutter mit jeder Menge Werkzeug und mehreren Werkzeugkästen anrückt, die offenbar auch noch mit sollen.

»Was ist das denn?«, frage ich.

»Die Sachen von Pan Bogusław und Pan Maciej«, antwortet Mutter, als hätte ich das selber wissen können.

»Pan wer und wer?«

»Die Handwerker, die mit uns nach Schweden kommen. Damit endlich das Badezimmer und die Küche fertig werden.«

»Handwerker?«

Mutter antwortet nicht, sondern steckt eine Kartuschenpresse zwischen Sylwias Bettwäsche.

»Und wie sollen wir alle ins Auto passen?«, frage ich. »Wir zwei haben ja kaum Platz mit all den Sachen.«

Ich kenne die Antwort schon: Ich werde aufs Dach gebunden.

»Sie werden nicht mit uns im Auto fahren. Auf der Fähre tun sie so, als wären sie Passagiere, und wir nehmen ihr Werkzeug im Auto mit.«

»Tun so, als *wären* sie Passagiere? Was sollen sie denn sonst sein, Aliens oder was?«

Mutter stopft Spachteln unter eine Wolldecke.

»Sie haben Pässe, aber offiziell kommen sie nur ein bisschen Urlaub bei uns machen.«

»Und warum können wir nicht einfach schwedische Handwerker nehmen?«, hake ich nach.

»Schwedische Handwerker? Bist du wahnsinnig?«, sagt Mutter, als wären schwedische Handwerker die Mensch gewordene Armee des Leibhaftigen. »Soll ich irgendeinem alten schwedischen Knacker fünfhundert Kronen dafür bezahlen, dass er sich unser Badezimmer anguckt, um mir dann zu sagen, dass er keine Zeit hat, es zu machen? Schwedische Handwerker, *idż mi stąd!*« Für Nichtpolen: »Geh mir weg mit schwedischen Handwerkern!« oder: »Wag es nie wieder, schwedische Handwerker auch nur zu erwähnen!«

 # 241 Akzeptiere auch dann, wenn es billiger, einfacher und logischer wäre, die Renovierung deines Badezimmers oder deiner Küche einem schwedischen Handwerker anzuvertrauen, dass es besser ist, zwei polnische Handwerker anzuheuern und ihnen zusätzlich die Fähre, das Essen und alles andere zu bezahlen, was nötig ist, damit sie die Arbeit überhaupt machen können – auch wenn es GEGEN DAS GESETZ ist.

Es riecht alles so sehr nach Katastrophe, dass ich wider besseres Wissen keine Ruhe geben kann.

»Und wer sind Pan weiß der Kuckuck und Pan soundso?«

»Pan Bogusław hat Jadwiga geholfen, als sie ihr Haus in Deutschland gebaut haben«, sagt Mutter, und ich kann die Verärgerung in ihrer Stimme aufsteigen hören. Es klingt nach der schwedischen Inquisition. »Jadwiga sagt, er hat *sehr gute* Arbeit geleistet – und Pan Maciej ist sein Schwager.«

Mutter reicht mir einen riesigen Kachelschneider.

»Versteck das hier in deiner Tasche!«

Es gelingt mir nur mit großer Mühe, das sperrige Monstrum zwischen meinen Kleidern, meinem Kulturbeutel und Celestynas Kaninchen in der Reisetasche unterzubringen.

»Und was waren das für Arbeiten, die Pan Bogusław bei Jadwiga gemacht hat?«

»Er hat ihr Wohnzimmer gestrichen«, presst Mutter zwischen zusammengebissenen Zähnen hervor.

»Aber Wände anstreichen und ein Badezimmer kacheln ist doch nicht dasselbe!«, protestiere ich. »Oder eine Küche bauen! Niemand kann doch …«

Mutter wirft mir einen letzten wütenden Blick zu, bevor sie den Kofferraumdeckel des Olvos zuschlägt. »Mach dich nicht lächerlich! Polnische Handwerker können alles!«

Ein paar Stunden später stehen wir in der Schlange, die sich träge auf die weit aufgerissene Heckklappe der Fähre zubewegt. Um Geld zu sparen, nehmen wir die Tagfähre, da brauchen wir keine Kabine. An meinem Fenster rollen die gewaltigen Reifen eines LKWs vorbei. Die Sicht ist mir zur Hälfte von der dicken Decke versperrt, die zwischen meinen Beinen klemmt, weil es dafür keinen anderen Platz mehr gab. Außerdem sind darin Werkzeuge versteckt, die mir durch die Decke hindurch hart gegen die Oberschenkel drücken.

Wir fahren auf die nach Diesel stinkende Fähre, und ich kann mich endlich aus dem Auto winden. Weil Mutter glaubt, dass Polenfähren von Dieben betrieben werden, die andere Diebe über die Ostsee befördern, müssen wir alles mitnehmen, was Mutter für wertvoll hält. Es ist gefährlich, Sachen im verschlossenen Auto zu lassen. Ich wende ein, dass nach der Abfahrt das Betreten des Parkdecks verboten ist, man also auch nichts aus dem Auto stehlen kann, aber Mutter findet, dass das verbotene Parkdeck ihre Theorie von den zwei Diebesbanden nur bestätigt. Am liebsten würde sie während der ganzen Überfahrt im Auto bleiben.

»Entschuldigung! Verzeihung! Entschuldigung! Verzeihung...«, murmle ich allen zu, deren Leben ich auf den schrecklich steilen Treppen nach oben gefährde. Manche protestieren, aber ich tue so, als wäre ich blind und taub hinter dem Gebirge von Gepäckstücken, das ich vor mir hertrage und das Gott sei Dank mein Gesicht verdeckt.

Als wir endlich das Aussichtsdeck erreichen, sind alle Bänke, Stühle und Liegestühle schon besetzt, also lasse ich mich zwischen dem Restaurant und dem Duty-Free-Shop nieder. Ich sitze auf einer Tasche, Mutter auf einer anderen neben mir. In einer Plastiktüte hat sie unser Essen und eine Thermoskanne. Sie bietet mir ein hart gekochtes Ei an, aber ich schüttle den Kopf. Polen können nicht ohne hart gekochte Eier reisen, ein Zwang, dessen genetische Ursache die Wissenschaft noch ergründen wird, da bin ich mir hundertprozentig sicher.

»Und wie sehen sie aus?«, frage ich.

»Wer?«

Mutter holt eine Tomate aus der Tüte und beißt hinein.

»Pan Bogusław und Pan Maciej.«

»Wir treffen uns um eins vorm Duty-Free-Shop, dann wirst du sie sehen.«

Mutter holt eine Packung *Ptasie Mlecko* aus der Tüte, polnische Schokolade, die in der Wärme schon zu schmelzen begonnen hat. Ich nehme ein Stück davon.

»Aber vergiss nicht, dass sie nur ein bisschen Urlaub bei uns machen.«

»Aber die Nachbarn werden doch sehen, dass sie arbeiten.«

»Dann sagst du, dass es *schwedische* Handwerker sind.«

Ich mache die Augen zu und lehne den Kopf gegen die Wand. Dann schlafe ich ein. Eine Stunde später wache ich davon auf, dass sich zwei fremde polnische Männer vor mir aufbauen.

»Guten Tag, Fräulein Alicja, wir wollten nur Hallo sagen«, sagt einer von ihnen und streckt mir die Hand entgegen.

»Guten Tag«, sage ich schlaftrunken. Ich schüttle ihm die Hand und sehe Mutter noch winken, bevor sie im Duty-Free-Shop verschwindet.

»Ich bin Bogusław, und das ist mein Schwager Maciej«, sagt der Mann, der mich geweckt hat.

Pan Bogusław hat ein typisch polnisches Gesicht mit einer niedrigen Stirn, tief liegenden Augen und einer leichten Kartoffelnase. Pan Maciej ist deutlich kleiner, hat schwarze Haare und eine relativ dunkle Hautfarbe. Beide sind um die vierzig, und Pan Maciej ist so schüchtern, dass er mir nicht in die Augen schauen kann.

Wie so oft, wenn ich mit jemandem Polnisch reden muss, der nicht zur Verwandtschaft gehört oder älter ist als fünf, ist dieses Polnisch plötzlich wie ausgelöscht.

»Wart ihr schon einmal in Schweden?«, bekomme ich endlich heraus.

»Nein, das hier wird das erste Mal«, sagt Pan Bogusław mit einem breiten Lächeln. »Aber ich habe gehört, was es für ein schönes Land ist. Und was für bezaubernde Frauen es hat. Solche wie Sie.«

O nein! Handwerker *und* polnischer Charmebolzen.

Pan Maciej flüstert Pan Bogusław etwas ins Ohr.

»Wir wollen nicht länger stören«, sagt Pan Bogusław. *»Do widzenia.« Tschüs.*

Pan Maciej murmelt etwas, was ich nicht verstehe.

»Do widzenia«, sage ich und schaue ihnen nach.

Das sind sie also. Pan Maciej trägt eine Jeansjacke, dazu passende gebügelte Jeans und frisch geputzte Turnschuhe. Er sieht gepflegt aus. Im Gegensatz zu Pan Bogusław, der eine staubige weiße Kappe, ungeputzte Schuhe, schmutzige Hosen und eine Jacke mit Flecken von etwas trägt, was Mörtel sein könnte. Fehlt nur noch ein T-Shirt mit der Aufschrift »Illegaler Handwerker aus Polen«.

Als Mutter mit drei klirrenden Tüten aus dem Duty-Free-Shop zurück ist, bin ich an der Reihe. Die reichen Schweden beladen ihre roten Plastikeinkaufskörbe mit so vielen Stangen Zigaretten, Flaschen Schnaps und Familienpackungen Toblerone wie möglich. Die Polen stehen vor den Regalen mit den Sachen, die sie gern kaufen möchten, und rechnen nach, ob ihr Geld dafür reicht. Ich kaufe salzige Lakritze, weil ich die nicht werde teilen müssen. Mutter und Rafał verabscheuen schon normale Lakritze, als wäre sie radioaktiv verseucht.

Dann gehe ich auf dem Deck spazieren, aber es ist zu windig, also beschließe ich, ein bisschen im Schiff herumzustromern. Auf dem Gang zur Cafeteria sehe ich plötzlich Pan Maciej, der neben einem einarmigen Banditen auf dem Boden sitzt. Er liest in einem schwarzen Buch und murmelt dabei vor sich hin. Als ich begreife, dass er betet, bleibe ich stehen. Es ist mir so peinlich, als hätte ich ihn mit einem Pornoheft erwischt. Ich mache schnell kehrt und gehe zurück zu Mutter.

Die nächsten neun Stunden verbringe ich mit dem Verzehr von Salzlakritze, bis mir schlecht wird. Zwischendurch lese ich, versuche, auf dem Boden zu schlafen, gehe abwechselnd an Deck und wieder nach drinnen und betreibe Langzeitstudien an einer Gruppe junger Schweden, die einen Junggesellenabschied feiern und sich dabei von lustig nach besinnungslos saufen. Die Zeit steht still während der endlos langen Fahrt, und trotzdem fühlt es sich an, als würde mein Körper im schnellen Tempo altern. Hin und wieder denke ich an Ola Olsson, dann verwandelt sich mein Magen in einen harten Klumpen Lakritz. Bestimmt hat er mich längst vergessen. Was nur gut ist, weil wir sowieso nichts miteinander anfangen können. Wenn wir es tun würden, wäre es ein unverzeihlicher Verrat Natalie gegenüber, so schlimm wie der Verrat des Wirts Jossi im Kirschtal in den *Brüdern Löwenherz*.

Einer der feiernden Schweden beginnt jetzt hemmungslos zu weinen. Er ist der Einzige mit einer Krone aus Goldpapier auf dem Kopf, woraus ich schließe, dass er der künftige Bräutigam sein muss …

»Ich bin so scheißtraurig«, schluchzt er, während seine schwankenden Kumpel ihn zu trösten versuchen.

Dann haut ihm einer von ihnen viel zu hart auf den Rücken.

»Is' okay, Magge«, sagt ein anderer. »Is' okay.«

Als Magge zu Boden sinkt und einschläft, schieben sie ihm das T-Shirt hoch und malen ihm mit Filzstift Augen, Nase und Mund auf den Bierbauch. Dann trampeln sie wie eine Horde Elefanten johlend davon.

»Schweden!«, grummelt Mutter, als sie von der Toilette zurückkommt und das Kunstwerk auf Magges Bauch sieht.

Bald darauf informiert eine Frauenstimme aus dem Lautsprecher, dass wir uns Karlskrona nähern. Es ist Zeit, wieder zum Auto zu gehen. Wir sammeln unsere Sachen ein und nehmen die nächstgelegene Treppe. Sie führt am Ausgang für Passagiere ohne Fahrzeug vorbei. In der davor wartenden Menge sehen wir unsere polnischen Handwerker stehen.

»O nein!«, stöhnt Mutter. »Pan Bogusław hat immer noch die bescheuerte Kappe auf. Ich hab ihm doch gesagt, dass er sie abnehmen soll, bevor er an Land geht. Alicja, geh und sag ihm, dass er die Kappe abnehmen soll, sonst wird er nie ins Land gelassen!«

»Was?«

»Jetzt mach schon!«

Mutter schubst mich, und ich beginne, mich durch die Menschenmenge durchzukämpfen. Pan Bogusław lächelt, als er mich entdeckt. Pan Maciej steht neben ihm und starrt auf die Tür.

»Fräulein Alicja!«

Ich dränge mich so nah wie möglich an Pan Bogusław heran, damit uns niemand hört.

»Meine Mutter bittet…«, beginne ich. »Meine Mutter fragt, ob Sie Ihre Kappe abnehmen könnten.«

»Verzeihung?«, sagt Pan Bogusław.

»Meine Mutter bittet, dass Sie die Kappe abnehmen«, wiederhole ich. »Damit Sie nicht von der Polizei aufgehalten werden.«

Ich weiß nicht, wem von uns beiden die Sache peinlicher ist, aber Pan Bogusław nimmt die Kappe ab. Sein Lächeln wirkt ein bisschen verlegen. Man sieht, dass er eine halbe Glatze hat.

»Tut mir leid«, sage ich und meine es auch so.

Als wir endlich auf schwedischen Boden rollen, bin ich so froh, dass ich mir erst nichts dabei denke, als ein schwedischer Zöllner uns Zeichen macht. Dann verstehe ich, dass wir an die Seite fahren sollen. Wie ein Schuljunge, den man zum Rektor schickt, müssen wir aus der Schlange ausscheren und einen der ausgewiesenen Plätze der Schande ansteuern. Ich sehe, wie sie in den anderen Autos die Hälse recken, um einmal im Leben richtige Gangster zu sehen. Ich zerquetsche fast die Decke zwischen meinen Beinen.

»Pass und Führerschein, bitte!«, sagt der Zollbeamte mit steinerner Miene.

Mutter gibt ihm unsere Pässe und ihren Führerschein und lächelt so unschuldig, wie es nur wahrhaft Schuldige können. Der Mann verschwindet mit unseren Papieren in einem kleinen Häuschen.

Nach ein paar Minuten kommt er zurück und schaut ins Auto.

»Haben Sie Fleisch, Obst oder Gemüse mitgebracht?«, fragt er.

»Nein«, sagt Mutter wie aus der Pistole geschossen.

Ich schüttle stumm den Kopf.

»Und was ist das da?«, fragt er und zeigt auf die gequetschte Decke zwischen meinen Beinen. Zu meinem Entsetzen sehe ich oben einen roten Farbrührer herausschauen.

»Ein Schneebesen«, sagt Mutter ärgerlich. »Ein teurer sogar. Ist es vielleicht verboten, so was nach Schweden mitzunehmen?«

Der Zollbeamte runzelt die Stirn, und ich bete ein stilles Gebet, dass er sich weder mit dem Backen noch mit Anstreicharbeiten auskennt. Oder dass er keinen Bock hat, Streit mit einer kratzbürstigen Polin anzufangen.

Schließlich macht uns der friedfertige Zollbeamte Zeichen, dass wir weiterfahren sollen. Ich bin zu Hause.

11

In unserem Haus in Vallerup sollen jetzt also außer Mutter, mir, meinem Bruder Rafał und den Zwangsgästen Sylwia und Celestyna auch noch die polnischen Handwerker Pan Bogusław und Pan Maciej wohnen. Das Chaos beginnt schon, als wir den Olvo ausladen. Wir brauchen die halbe Nacht, um das Essen in den Kühlschrank zu räumen, alles zum Lüften aufzuhängen, was nach Wurst riecht, und provisorische Nachtlager für die Handwerker aufzuschlagen. Als feststeht, dass im Haus kein Platz für sie ist, werden sie in der Garage einquartiert. Zwei Feldbetten haben sich am Ende auch noch gefunden.

»Tut mir leid, dass ihr hier draußen schlafen müsst«, sage ich, als ich ihnen Kissen bringe.

»Bei einer Familie in Deutschland musste ich in einem feuchten Keller ohne Fenster und Toilette schlafen«, antwortet Pan Bogusław. »Dagegen ist das hier Luxus.«

Obwohl Sylwia und Celestyna schon in ein paar Tagen zu Evert nach Simrishamn ziehen und ihr neues Leben in Schweden beginnen werden, kommt Celestyna mir verschlossener vor als sonst. Um sie aufzumuntern, bitte ich sie am nächsten Morgen in mein Zimmer. Ich hätte ein Geschenk für sie, erkläre ich ihr. Ich merke, dass sie mein rosa *Benetton*-T-Shirt trägt, aber ich sage nichts, weil ich immer noch an das schreckliche Hochhaus und die dunkle Wohnung in Rumia denken muss.

»Hast du irgendwas Nettes gemacht, als wir in Polen waren?«, frage ich, während ich meine Reisetasche öffne.

»Nein«, antwortet Celestyna.

»Hast du ein bisschen Schwedisch gelernt?«

»Nein.«

»Bist du am Strand gewesen?«

»Nein.«

Dann finde ich das kleine Kaninchen aus der Wohnung in Rumia, das die Überfahrt zwischen dem Kachelschneider und meinem Kulturbeutel eingeklemmt verbracht hat.

»Ich hab was, was dich freuen wird«, sage ich und reiße das Kaninchen hoch wie ein theatralischer Zauberer.

Viel zu spät merke ich, dass das Kaninchen wie ein Aristokrat zu Zeiten der Französischen Revolution guillotiniert worden ist. Von dem Kachelschneider. Noch etwas später halte ich in der einen Hand den Kopf des Kaninchens und in der anderen den Körper. Weiße Füllung rieselt aus dem Kaninchenkopf.

»Celestyna…«, beginne ich.

Celestyna sieht mich mit einem leeren Gesicht an. Dann verlässt sie das Zimmer und schlägt die Tür zu, dass die Wände wackeln.

Ich habe ein so schlechtes Gewissen, dass ich die nächste Stunde damit verbringe, den Kaninchenkopf wieder auf den Körper zu nähen. Leider hat Handarbeit nie zu meinen stärksten Fächern gehört, und ich kriege, egal, wie ich mich anstelle, den Kopf nicht gerade. Am Ende hat das Kaninchen etwas grotesk Frankensteinhaftes an sich. Aber wenigstens ist es ganz.

»Wo ist Celestyna?«, frage ich Sylwia, die draußen im Garten sitzt und sich in einem hautfarbenen BH und weißen Shorts sonnt.

Ihre Brust ist runzlig und hat längst zu viel Sonne abbekommen. Ich sehe Pan Bogusław mit einer Waschschüssel in den Händen an ihr vorbeilaufen und lange Blicke auf ihren halb nackten Körper werfen. Pan Maciej, der mit ein paar Rohren vorübereilt, hält den Blick auf den Boden geheftet.

»Ich weiß es nicht«, antwortet Sylwia, während sie sich eine Zigarette anzündet. »Vielleicht oben?«

Ich gehe mit dem Kaninchen in der Hand hoch auf den Dachboden und klopfe an die Tür. Als niemand antwortet, setze ich das Kaninchen vorsichtig so auf den Boden, dass es das Erste ist, was Celestyna sieht, wenn sie die Tür aufmacht. Ich lege dem Kaninchen sogar einen *Plopp*-Schokoriegel in den Schoß, als weiteres Friedensangebot. Dann schleiche ich leise die Treppe hinunter.

Um die Mittagszeit wird Celestyna dann vermisst. Nachdem wir das Haus, den Garten und die Garage abgesucht haben, wird uns klar, dass Celestyna verschwunden ist. Sogar die Handwerker hören auf, die alte Küche abzubauen, und ich sehe Pan Bogusław unter das entstandene Gerümpel schauen, als könnten sie aus Versehen ein dreizehnjähriges pummeliges Mädchen darunter begraben haben. Mutter hat alle Hände voll zu tun, um Sylwia zu trösten, die zum ersten Mal Gefühle von Fürsorge und Zuneigung zu ihrem einzigen Kind erkennen lässt. Zu meiner Verärgerung zieht Rafał mitten in dem Trubel mit ein paar Freunden los, sie wollen nach Sandhammaren an den Strand. Sowieso vermutet er, dass Celestyna nur versucht, die nächste Schokoladenfabrik ausfindig zu machen. Also bleibt die Suche an mir hängen. Logisch.

Als Erstes frage ich unsere Künstlernachbarin Nanna, ob sie Celestyna vielleicht gesehen hat. Nanna sagt, das hat sie, zuletzt vor ein paar Tagen, als sie Himbeeren aus ihrem Garten geklaut hat.

»Sind bei euch Handwerker?«, fragt Nanna, als ich schon am Gehen bin.

»Nein«, sage ich. »Oder ja. Wir wollen endlich die Küche und das Badezimmer herrichten.«

»Aha. Sind sie aus Polen?«

»Nein, aus Karlskrona. Bo und Mats. Aus Karlskrona.« Es ist erstaunlich, wie viel schneller und leichter mir die Lügen über die Lippen kommen, je länger der Sommer dauert.

Nanna nickt und schaut hinüber zu unserem Haus.

»Sie könnten mir vielleicht auch mit meiner Küche helfen«, sagt sie. »Also wenn sie bei euch fertig sind.«

»Sie sind schon sehr beschäftigt, aber ich kann sie fragen.«

Dann gehe ich schnell, weniger weil ich es mit der Suche so eilig habe, sondern damit ich nicht noch mehr Fragen über unsere Handwerker beantworten muss.

Ich suche in ganz Vallerup. Ich sehe den Trinker Sixten, sage mir aber, dass es keinen Wert hat, ihn nach Celestyna zu fragen. Vielleicht wenn sie aussehen würde wie eine Dose Starkbier zum halben Preis. Ich klettere auf die große Eiche am Ende der Straße, schaue heimlich in die Gärten einiger Sommergäste und hinter den riesigen großen Schuppen, der dort steht, aber von Celestyna keine Spur.

»Ich kann sie nicht finden«, sage ich zu Mutter, als ich meine Runde durchs Dorf beendet habe.

Sie steht an der provisorischen Kochplatte und brät Eier und Würstchen für unsere Handwerker, die neuerdings Schweden sind und auf die Namen Bo und Mats hören.

»Such weiter!«, sagt Mutter.

»Wo denn, wenn ich nicht weiß, wo sie hin ist!«

Mutter schneidet mehrere Scheiben von dem Brot ab, das wir aus Polen mitgebracht haben.

»Sylwia sagt, als sie Celestyna zuletzt gesehen hat, kam sie ihr vor, als hätte sie sich über irgendetwas schrecklich aufgeregt.«

»Hat sie gesagt, worüber?«, frage ich und muss natürlich an das geköpfte Kaninchen denken.

»Bring das hier den Handwerkern, sei so lieb!« Mutter gibt mir ein Riesentablett voller Essen. »Und such weiter!«

»Warum kann eigentlich Rafał nicht suchen helfen?«

»Er ist doch nur für ein paar Tage hier. Lass ihm seinen Urlaub!«

»Er ist schon seit Wochen hier! Und warum können die Handwerker eigentlich nicht ihr eigenes Mittagessen kochen?«, frage ich hinter dem Berg von Würstchen.

»Alicja, geh jetzt!«, sagt Mutter in warnendem Ton.

Also trage ich den Handwerkern ihr Mittagessen in die Garage, bevor ich mich aufs Fahrrad schwinge und in Richtung Glemmingebro fahre. Ich habe genau null Bock, nach Celestyna zu suchen. Aber vielleicht ist Marie heute zu Hause. Wenn nicht, kann ich das Fahrrad an der Bushaltestelle stehen lassen und den Bus nach Ystad nehmen.

Obwohl es in Vallerup vollkommen windstill zu sein schien, macht sich draußen zwischen den Feldern ein verräterischer Wind bemerkbar. Ich wünschte, ich hätte die rote Kapuzenjacke angezogen. Das kleine Kaninchen mit dem *Plopp*-Schokoriegel liegt gut befestigt im Fahrradkorb, damit ich es Celestyna gleich zeigen kann. Die Rettung des Kuscheltiers soll ihr beweisen, dass ich nichts Böses wollte.

Ein großer Traktor fährt bedrohlich nah an mir vorbei und bläst mich fast um. Ich kann gerade noch absteigen.

»Bauerndepp!«, schreie ich und habe auf der Stelle ein schlechtes Gewissen. Ich schaue um mich, ob jemand da ist, der mich gehört haben könnte, aber da sind nur ein mit Mohn verziertes Raps- und ein gelbgrünes Weizenfeld.

Seit wir nach Skåne gezogen sind, besitze ich einen komplett neuen Wortschatz Plagen betreffend, mit denen es die Bauern hier zu tun haben: Schimmel, Wühlmäuse, Wurzelfäule und frag mich nicht was alles, was es in Stockholm nicht gibt. Ich weiß jetzt, dass Bauern grundsätzlich und immer zu bedauern sind. Wenn es nicht zu warm ist, ist es zu kalt, wenn es nicht zu wenig regnet, regnet es zu viel, und nie können die Armen in Urlaub fahren oder morgens ausschlafen.

Trotzdem murmle ich noch mal »Bauerndepp!« vor mich hin, bevor ich mich wieder aufs Fahrrad setze.

Ich radle durch Ingelstorp und weiter nach Glemmingebro. Ich klopfe an die Tür des gelben Sechzigerjahrehauses, in dem Marie wohnt, aber niemand macht auf. Am Fenster stehen vertrocknete Zimmerpflanzen, und neben der Tür hängt eine kleine schwedische Flagge. Wenn man ihr liebloses

Zuhause sieht, wundert man sich nicht, dass Marie so still geworden ist.

Auf der Überlandstraße, die durch Glemmingebro hindurchführt, sehe ich dänische und deutsche Autos, aus denen müde Touristengesichter herausschauen. Am Kiosk gegenüber der Bushaltestelle kaufe ich ein Safteis und überlege, ob ich wirklich mit dem Bus nach Ystad fahren oder lieber zum Strand radeln soll. Vielleicht steckt Celestyna ja irgendwo zwischen den Dünen.

Der Strand gewinnt. Ich beeile mich mit dem Eis und fahre über Kieswege durch die Felder von Glemmingebro. Und plötzlich entdecke ich jemanden, der nicht weit von dem weiß gestrichenen Pferdehof dort unter einer großen Eiche auf einer Wiese steht. Eine Person mit einer roten Kapuzenjacke.

»Celestyna!«, rufe ich und trete in die Pedale.

Die Person schaut in meine Richtung, verschwindet dann aber in einem kleinen Wäldchen, das ein paar Schritte hinter der Eiche beginnt.

»Celestyna!«, rufe ich. »Bleib stehen!«

Als ich mich dem Baum nähere, ist niemand zu sehen. Aber um ihn herum scheint alles Mögliche im Gras zu liegen, darum lege ich das Fahrrad an den Wegrand und gehe hin, um mir die Sache genauer anzusehen. Unter dem Baum ist das Gras platt getreten, und überall liegen Einwickelpapiere von Schokoriegeln. Auch ein Klappstuhl liegt da, der mir bekannt vorkommt. Dann entdecke ich am Rand des Wäldchens ein silbernes Fahrrad.

Hierher kommt Celestyna also, um sich mit Schokoriegeln zu trösten und über Polen zu weinen. Von der gro-

ßen Eiche hat man eine tolle Aussicht auf den weißen Pferdehof und über die Hügel von Hammar. Die arme Kleine!
Was hilft die schönste Aussicht gegen Einsamkeit, das Gefühl, nicht dazuzugehören, und eine Ähnlichkeit mit Miss
Piggy?

Aber wenigstens habe ich sie gefunden. Ich will mir schon
zu meinem Spürsinn gratulieren, als in schneller Folge gleich
mehrere unerklärliche Dinge geschehen.

Erst höre ich, dass sich auf dem Weg, den ich gekommen
bin, ein Auto nähert. Dann drehe ich mich um und sehe,
dass es ein Polizeiauto ist. Da Polizeiautos auf dem platten
Land eine Seltenheit sind, beobachte ich mit großem Interesse, wohin das Fahrzeug wohl unterwegs ist. Komischerweise hält es ungefähr dreißig Meter von mir und der Eiche
entfernt an. Dann steigt eine Polizistin aus und spricht ins
Megafon.

»BLEIB GENAU DA, WO DU BIST!«

Wie spannend! Vielleicht lerne ich gleich was für meine
künftige Karriere als Polizistin. Ich halte nach dem Verbrecher Ausschau, dem ich unwissentlich so nahe gekommen
bin. Etwas weiter entfernt, schon hinter dem Pferdehof, sehe
ich einen weiß gekleideten Mann mit einem irischen Setter.
Den Verdächtigen. Heute werde ich beim Abendessen viel
zu erzählen haben.

Ein anderer Polizist kommt jetzt langsam näher. Solange
er auf dem Kiesweg geht, staubt es unter seinen Füßen. Sein
Blick ist fest und hart.

»RÜHR DICH NICHT VON DER STELLE!«, dröhnt es
aus dem Megafon.

Es muss sich um einen gefährlichen Verbrecher handeln.

Ich schaue wieder zu dem Mann. Er trägt ein leuchtend weißes Hemd und ebenso weiße Shorts. Ein typischer Gangster mit einem Zufluchtsort in unserer Feriengegend. Hierher zieht er sich für ein paar Wochen im Jahr zurück, sprengt seinen Rasen, obwohl es ein Rasensprengverbot gibt, und nervt die Einheimischen mit der Frage, wie der Sommer wird, als wäre in die Menschen von Skåne ein Barometer eingebaut.

Um die Polizei bei ihrer wichtigen Arbeit nicht zu behindern, beginne ich mich vorsichtig auf mein Fahrrad zuzubewegen. Ich zeige dem Polizisten den gereckten Daumen, damit er weiß, dass ich auf ihrer Seite bin und ihnen nicht im Weg sein werde.

»RÜHR DICH NICHT VON DER STELLE!«, wiederholt die Polizistin.

Jetzt bleibe ich stehen. Die Sache wird mir zu unübersichtlich. Ich will nur noch so schnell wie möglich zum Strand. Die Polizei von Ystad soll bitte ohne mich Cowboy und Indianer spielen.

»ALICJA, BLEIB, WO DU BIST!«, dröhnt das Megafon.

Entschuldigung?

Was haben sie gesagt?

Alicja? Alicja! Sie haben doch wohl nicht meinen Namen gesagt? MEINEN Namen?

Mit einem Schlag wird mir alles klar, und mir gefriert das Blut in den Adern. Die Polizei ist hinter *mir* her! Aber warum?

»Aber …«, sage ich leise.

Dann hebe ich die Hände hoch. Der Polizist kommt langsam auf mich zu. Im Geist versuche ich alle Verbrechen durchzugehen, die ich in letzter Zeit begangen habe, aber das Einzige, woran ich mich erinnern kann, ist der »Bauerndepp«, zu dem ich mich habe hinreißen lassen. Wenn es das war, muss es zwischen der Polizei und den Bauern in Skåne Beziehungen geben, von denen wir Normalsterblichen nichts ahnen.

Da höre ich Schritte hinter mir, sie kommen aus der Richtung des Pferdehofs. Mit immer noch erhobenen Händen drehe ich vorsichtig den Kopf. Hinter mir steht Ola Olsson und hält etwas Dunkles, Pelziges in den Händen. Wie kommt ER hierher?

»Ola Olsson!«, rufe ich. Er wird mich retten und den Polizisten sagen, dass das hier ein großes Missverständnis sein muss.

Aber Ola Olsson sagt nichts, sondern sieht mich nur mit einem Gesichtsausdruck an, den ich nicht deuten kann. Die ganze Wärme, die er sonst ausstrahlt, ist weg. Im Übrigen hatte ich ganz vergessen, wie herzzerreißend gut er aussieht.

Jetzt ist der Polizist nur noch ein paar Meter von mir entfernt. Ich sehe von Ola Olsson zu ihm.

»Aber was hab ich denn getan?«, frage ich. Erst als ich das Zittern in meiner Stimme höre und den Kloß in meinem Hals spüre, merke ich, dass mir die Tränen in die Augen steigen.

Und plötzlich wirft mir Ola Olsson das dunkle, pelzige Etwas in seinen Händen zu. Ich fange es auf und sehe zu meinem Erschrecken, dass ich einen toten, blutigen jungen Dachs in den Händen halte. Fliegen kommen und summen um eine große Wunde auf seinem Rücken.

Ola Olsson wendet sich dem Polizisten zu.

»Ja, das ist sie«, sagt er mit kalter Stimme.

Der Polizist steht jetzt neben mir.

Dann werde ich festgenommen und zum Polizeiauto geführt.

12

Meine Verbrechen lauten: Diebstahl, Sachbeschädigung, Belästigung, Verfolgung und Tierquälerei.

»Sag mal, bist du nicht Beatas Tochter?«, fragt die Frau an der Anmeldung, als wir auf der Polizeiwache in Ystad ankommen. Es ist dieselbe wie am letzten Schultag vor den Ferien. Gleich wird sie sagen: »Die mit dem Pickelproblem, über das wir nicht reden sollen, stimmt's?« und meine Demütigung auf die Spitze treiben.

Ich nicke stumm, weil ich außer einem großen Schluchzen sowieso nichts zustande bringen würde. Meine Augen sind rot und geschwollen, ich habe die ganze Fahrt über geheult.

»Das kriegen wir schon hin«, sagt die Frau und klingt dabei so nett, dass ich gleich wieder heulen könnte. »Warte hier, dann rufen wir deine Mutter oder deinen Vater an!«

Ich werde in einen netten Warteraum mit einem blau-weiß gestreiften Sofa geführt. Auf dem Tisch davor liegen alte Zeitschriften wie beim Arzt, dazwischen steht eine kleine Topfpflanze mit lila Blüten. Vielleicht wäre es psychologisch einfacher, wenn sie mich in einem dunklen Keller an die Wand gekettet hätten, statt mir auch noch Saft und eine

Zimtschnecke hinzustellen und mich zu fragen, ob ich einen Pulli ausgeliehen haben will.

Ich wollte nie der Ach-ich-tu-mir-ja-so-leid-Typ sein, aber gerade ist es, als entschwänden alle diesbezüglichen Vorsätze durch die gardinengeschmückten Fenster der Ystader Polizei. Ich bade in Selbstmitleid, dass es wehtut. Ich tue mir so leid, dass ich mir die Engel im Himmel nur mit hängenden Flügeln und bittere Tränen über mein trauriges Los vergießend vorstellen kann. In diesem Augenblick wiegt mein Selbstmitleid schwerer als alles Mitleid der Welt zusammen, egal ob mit den armen Menschen auf den Gefangenenlisten von Amnesty International, mit den kleinen Robben und ihren Müttern in Kanada oder mit Marie, damals, als ein Vertretungslehrer sie fragte, aus welchem Teil Chinas sie denn käme. Man wird mich unschuldig verurteilen wegen eines Verbrechens, das ich nicht begangen habe. Ich werde Schwedens Antwort auf Nelson Mandela sein, oder wer immer es war, den sie in Südafrika unschuldig verurteilt und für Jahrzehnte ins Gefängnis gesteckt haben. Ich bin so müde, den Tränen nahe und in den Grundfesten erschüttert, dass ich nur noch unter eine Decke kriechen und nie wieder darunter vorkommen möchte. Das Leben ist mir so verleidet, dass ich nur die halbe Zimtschnecke esse und nicht mal durch die Modezeitschriften blättere.

Eine halbe Stunde später höre ich Mutter vorne bei der Anmeldung Spektakel machen, dass sie mich auf der Stelle gehen lassen sollen. Sie ist mit Sylwia gekommen und mit Celestyna, die meine rote Kapuzenjacke trägt. Während Sylwia auf einem der Stühle bei der Anmeldung warten muss, werden Mutter, Celestyna und ich von einem älteren, glatzköpfigen Polizisten in den Verhörraum geführt.

Obwohl ich schon ein paarmal einen Blick in den Verhörraum werfen konnte, wenn Mutter dort gedolmetscht hat, ist es jetzt das erste Mal, dass ich ihn betrete. Der Unterschied zu dem netten Warteraum ist, dass es hier kein Fenster gibt und der Raum sehr sparsam eingerichtet ist. Der Polizist gibt Celestyna und mir zu verstehen, dass wir uns ihm gegenüber an den einzigen Tisch setzen sollen. Mutter darf an der Stirnseite Platz nehmen. Die Stühle aus Kunststoff sind unbequem und zwingen einen, leicht nach vorne geneigt zu sitzen. Trotzdem bin ich enttäuscht, dass der Raum kein großes Spiegelglasfenster hat, durch das man vom Nebenzimmer hereinsehen kann wie in amerikanischen Filmen.

»Also, Beata, was ist eigentlich passiert?«, fragt der Polizist, der Mutter also kennt.

»Es ist alles nur ein großes Missverständnis«, sagt Mutter.

Der Polizist seufzt, schaltet das Aufnahmegerät auf dem Tisch ein und nennt die Uhrzeit, das Datum und die Namen aller, die in dem Raum anwesend sind. Er legt sogar einen Notizblock vor sich hin und schreibt etwas auf.

»Wenn wir bitte vorne anfangen könnten«, sagt er.

»Celestyna, sag, was du mir im Auto erzählt hast!«, sagt Mutter auf Polnisch zu Celestyna.

Aber Celestyna verschränkt nur trotzig die Arme und macht ein Gesicht, als hätte sie in eine Zitrone gebissen.

»Celestyna, wenn du nicht sofort singst wie ein Kanarienvögelchen, kriegst du zu Hause eine Abreibung, dass du eine Woche nicht auf deinem Hintern sitzen kannst!«

Mit einem Lächeln erklärt Mutter auf Schwedisch: »Sie ist ein bisschen schüchtern.« Dann wendet sie sich wieder Celestyna zu.

»Celestyna, du hast genau eine Sekunde Zeit. Wann hast du Ola zum ersten Mal gesehen?«

Celestyna verdreht die Augen, aber sie beginnt endlich zu reden.

»Damals, als wir wegen dem Papst nach Dings gefahren sind. Und dann in Ystad auf dem Marktplatz. Als er mit... (Celestyna wirft mir einen finsteren Blick zu)... Alicja geredet hat.«

Plötzlich erinnere ich mich daran, wie Sylwia sagte, Celestyna wolle noch in Ystad bleiben und dann den Bus nach Hause nehmen. Gleich nachdem ich Ola Olsson zufällig auf dem Marktplatz getroffen hatte, war das gewesen.

»Du bist Ola gefolgt?«, bricht es aus mir heraus. »Aber warum? Und wie?«

»Ich hab mir auf dem Marktplatz ein Fahrrad genommen«, sagt Celestyna offensichtlich vollkommen unberührt davon, dass genau solche Sachen die Polen in Verruf gebracht haben. »Irgendein dummer Tourist hatte es unverschlossen da stehen lassen.«

»Du hast ein Fahrrad gestohlen?«, sage ich.

»Was hätte ich denn sonst tun sollen?«, zischt Celestyna. »Er wäre doch verschwunden, und ich hätte nicht mal gewusst, wo er wohnt! Ich musste zwölf Kilometer radeln – *zwölf Kilometer*, bis wir bei ihrem Hof waren!«

Wenn man weiß, wie verhasst Celestyna jede Art von Bewegung ist, könnte man sie für die Tour de France an Ola Olssons Hinterrad geradezu bewundern.

»Aber warum wolltest du überhaupt wissen, wo er wohnt?«, fahre ich fort.

»Bist du blöd, oder was?«, sagt Celestyna. »Kapierst du gar nichts?«

»Ob ICH blöd bin?«, sage ich.

»Celestyna, wenn du meine Tochter noch einmal blöd nennst, kriegst du eine Abreibung, dass du für den Rest deines Lebens ein Sitzkissen brauchst!«, faucht Mutter.

»Entschuldige, aber sie kapiert wirklich nichts«, sagt Celestyna. »*Ich* bin nämlich die, die er mag.«

»*Du?*«, wiederhole ich, weil ich gar nicht glauben kann, was ich da höre. Und trotzdem spüre ich das Wölkchen Unruhe, das sich in mir zusammenbraut. Hat Celestyna womöglich recht?

»Hast du nicht seinen Blick gesehen, als wir uns das erste Mal getroffen haben?«, fragt Celestyna. »Wie er mich angeschaut hat? Er hat auf dem Marktplatz nur mit dir geredet, weil er *mich* wiedersehen wollte. Und jetzt sind wir zusammen, nur dass du's weißt.«

Ich bekomme kein Wort mehr heraus. Der Polizist mit der Glatze räuspert sich. Mutter soll endlich übersetzen, heißt das.

»Also es war so«, beginnt Mutter auf Schwedisch. »Die arme Celestyna ist eine liebe Verwandte, die zufällig gerade bei uns zu Besuch ist, nur für ein paar Wochen. Sie ist leider nicht ganz richtig im Kopf, weil ihre Mutter sie nicht gestillt hat, und als sie ungefähr ein Jahr alt war, hat sie sie auch noch fallen lassen. Sie dachte, sie kennt diesen Ola aus Polen, und wollte ihn nur besuchen, und was die Fahrräder auf dem Marktplatz betrifft, denkt sie, die seien für die Touristen da und überhaupt für alle. Nur darum hat sie eins genommen, ohne vorher zu fragen.«

»Mutter!«, sage ich entsetzt.

»Alicja!«, warnt sie mich.

»Sie glaubt, da steht die Sonderanfertigung eines *Cannondale*-Rads im Wert von mehreren Zehntausend Kronen, damit Touristen oder wer auch immer gerade vorbeikommt es sich kostenlos leihen können?«, fragt der Polizist.

Mutter streicht Celestyna wie einer verwirrten Fünfjährigen liebevoll übers Haar und nickt.

»Die arme Kleine!«, murmelt sie.

»Und was ist dann passiert? Als sie das Fahrrad genommen hat und dem Jungen gefolgt ist?«, fragt der Polizist und kritzelt etwas auf seinen Notizblock.

»Celestyna, was ist dann passiert?«

Celestyna lächelt und wird ein bisschen rot.

»Als ich wusste, wo er wohnt, hab ich ein paar Tage lang nur das Haus beobachtet. Dann hab ich angefangen, ihm Geschenke zu machen«, sagt sie. »Blumen und so.«

»Die Polizei sagt, das ganze Blumenbeet von Olas Mutter ist wie umgepflügt«, sagt Mutter.

»Ihre Blumen waren sowieso nicht so schön«, sagt Celestyna. »Ich wollte ihm halt eine Freude machen. Mit dem Klammerhefter aus Alicjas Zimmer hab ich dann alle Blumen außen um sein Fenster getackert. Aber seine Mutter, die dusselige Kuh, hat sie schon am selben Tag wieder weggerissen.«

»Und wie oft bist du zu Olas Haus gegangen?«, fragt Mutter.

Celestyna zuckt mit den Achseln und schaut zu Boden.

»Celestyna!«

»Na schön. Vielleicht zehn, zwanzig Mal. Als ihr in Polen wart.«

»*Zehn, zwanzig Mal*«, wiederhole ich und spüre, wie mir alle Farbe aus dem Gesicht weicht.

Und die ganze Zeit musste Ola Olsson glauben, dass *ich* das bin. Dass ich es war, die ihm gefolgt ist und das Blumenbeet seiner Mutter umgepflügt hat.

»Es waren nicht nur Blumen«, sagt Celestyna plötzlich ein bisschen leiser.

»Nein? Was hast du ihm noch gebracht?«

»Tiere.«

»Was?«

»Tiere. Tiere, die ich gefunden habe. Tote Vögel, die manchmal unter dem Baum lagen, unter dem ich gesessen bin, wenn ich das Haus beobachtet habe. Oder welche, die überfahren worden sind. Ich hab sie vor sein Fenster gelegt und Kerzen drumherum gestellt. Es hat unheimlich schön ausgesehen.«

Als ich das Gesicht in den Händen vergraben will, sehe ich, dass sie immer noch voller Schmutz und Blut sind.

»Und der junge Dachs?«, frage ich.

Celestyna lächelt stolz.

»Den hab ich gestern auf der Straße gefunden. Dann bin ich ins Haus geschlichen und hab ihn auf sein Bett gelegt. Da hatten sie schon angefangen, die Haustür abzuschließen, darum bin ich durchs Fenster gestiegen.«

»Und jetzt glaubst du, dass ihr … zusammen seid?«, frage ich.

»Wir *werden* zusammen sein! Wir *werden* zusammen sein!«, ruft Celestyna. »Wir wären schon zusammen, wenn du nicht gekommen wärst und alles kaputt gemacht hättest! Er hat die Geschenke gemocht, das weiß ich! Er mag mich! Noch nie hat mich jemand gemocht, noch nie!« Celestynas

Gesicht ist jetzt leuchtend hellrot. »Niemand mag mich! Nicht mal meine Mutter und mein Vater! Ich hasse alles, die ganze Welt! Ich hasse Schweden! Ich bin so allein!«

Dann muss sie weinen.

»Ich (schnief) liebe (schnief) ihn (schnief) so sehr!«, fährt sie fort. Dazu schmeißt sie sich über den Tisch und kriegt einen dramatischen Heulkrampf. Ihre Schultern zucken.

Der Polizist klopft mit seinem Bleistift auf den Tisch und sagt: »Beata, könntest du bitte übersetzen?«

»Ja, natürlich. Die arme kleine Celestyna denkt, es sei eine schwedische Sitte, einander Blumen zu pflücken. Wie ihr das an Mittsommer ja auch macht. Und genauso mit Tieren, denkt sie. Sie hat es nicht böse gemeint, und jetzt ist sie ganz traurig, dass sie die schwedischen Sitten so missverstanden hat. Hab ich schon erwähnt, dass ihre Mutter sie ein paarmal hat fallen lassen, als sie noch klein war?«

Celestyna wird nicht verhaftet und eingesperrt oder für den Rest ihres Lebens in eine geschlossene Anstalt gesteckt. Stattdessen darf Mutter 3000 Kronen Schadenersatz zahlen, die Sylwia hoch und heilig zurückzuzahlen verspricht, sobald sie ihren ersten Lohn von Evert auf dem Konto hat.

Auf dem Weg zurück nach Vallerup, im Auto, sagt niemand ein Wort.

13

Das Deprimierendste am Sommer sind die Hundstage. Mit einem Schlag wird alles klebrig, schwer, eklig und falsch. Überall sind plötzlich Spinnen, Monsterbrennnesseln überwuchern den Garten, die Fliegen surren Tag und Nacht, und über alles zieht sich eine zähe Haut. Lebensmittel verderben und verschimmeln schneller, als man sie aus der Packung nehmen kann. Mutter hält die Hundstage für eine Erfindung der Schweden, die einen Grund gesucht haben, noch mehr Essen wegzuwerfen, aber ich spüre sie, äußerlich und innerlich.

»Kann ich dir was bringen?«, fragt Mutter.

Ohne den Blick von der Zimmerdecke zu wenden, schüttle ich den Kopf. Dann höre ich, wie sie seufzt, bevor sie die Tür zu meinem Zimmer zumacht, und widme mich wieder der Betrachtung der sich vom Untergrund abschälenden Dispersionsfarbe über meinem Bett. Ich finde, dass die sich lösende Farbe ein genaues Sinnbild meines Lebens ist. Es gibt nichts, worauf ich mich noch freuen würde, ich warte nur noch darauf, in die Tiefe zu stürzen.

Ein paar Minuten später höre ich Mutter wieder die Treppe heraufkommen.

»Ich hab dir Goggelmoggel gemacht«, sagt sie.

Ich setze mich im Bett auf und nehme die Tasse mit der

klebrigen Melange aus Eigelb, Kakao und Zucker dankbar entgegen. Eigentlich ist es nett, wie ein Kind behandelt zu werden. Vielleicht eifere ich dem Bauern Anders in Vallerup nach, der mit über fünfzig immer noch bei seinen Eltern lebt.

»Sylwia und Celestyna sind doch jetzt schon ein paar Tage bei Evert«, sagt Mutter. »Magst du nicht nach unten kommen?«

»Bitte nicht diesen Namen!«, sage ich mit sauertöpfischem Blick.

Wenn es Momente gibt, in denen etwas in mir zum Leben erwacht, dann sind es die, wenn ich an Celestyna oder Ola Olsson denke. Dann gerät mein Blut in Wallung.

»Na schön, wenn es dir so besser geht«, sagt Mutter und verschwindet wieder nach unten.

Aber es ist schwer, in Ruhe zu trauern, wenn polnische Handwerker ununterbrochen klopfen, sägen und bohren. Inzwischen bekommt mein Vater auf der anderen Seite der Erdkugel Magengeschwüre bei dem Gedanken, dass jemand uns anzeigt, weil wir illegale Handwerker beschäftigen. Mutters Lösung für das Problem ist ein einziger schwedischer Satz: »Das kann teuer werden.« Sie hat ihn Pan Bogusław und Pan Maciej beigebracht, und sie müssen ihn jedes Mal sagen, wenn jemand draußen vorbeikommt. Damit die Leute denken, wir hätten schwedische Handwerker im Haus.

Dieses Haus sieht wie eine Großbaustelle aus, voller Staub, Rohre, Spachteln und Kellen, Kanthölzer und Ziegelsteine. Die alte Küche ist ausgebaut, und alles, was man zum Kochen braucht, ist ins Wohnzimmer ausgelagert. Mutter kocht auf einer einzigen kleinen Kochplatte, was dazu führt, dass die Mahlzeiten in der Reihenfolge ihrer Zubereitung serviert werden. Das gestrige Abendessen begann mit totgekochten Bohnen, eine halbe Stunde später gab es angekokelte Bratkartoffeln, und nach noch mal 45 Minuten beschlossen wir das Mahl mit labbrig panierten und zu stark gesalzenen Koteletts. Ohne Mutter etwas zu sagen, habe ich mir hinterher zwei Butterbrote gemacht und sie heimlich oben in meinem Zimmer gegessen.

»Und? Weswegen haben sie dich heute verhaftet?«, fragt Rafał die seltenen Male, wenn er zu Hause ist.

Als Antwort strecke ich ihm die Zunge heraus, und er kontert mit einem Halbnelson, seiner Version einer herzlichen Umarmung. Sogar die Handwerker haben meine Deprilaune bemerkt, und Pan Maciej – der ausschließlich mit Mutter kommuniziert – fragt, ob ich vielleicht seine Bibel ausleihen will.

Und dann ist eine Woche um, und Mutter beschließt, dass es jetzt genug ist, und schickt mich zur Gartenarbeit, weil sie fälschlicherweise glaubt, dass Arbeit den Kopf frei macht.

»Schluss jetzt!«, sagt sie und zieht die Decke weg, die mein Kokon gewesen ist. »Du brauchst Frischluft, bevor du dich noch in eine schrumpelige Kartoffel verwandelst.«

Mit einer Heckenschere in der Hand gehe ich danach an den Hecken entlang und schnipple plan- und sinnlos an ihnen herum. Einmal merke ich, dass ich eine geschlagene Minute lang ausschließlich in die Luft geschnippelt habe, ein anderes Mal merke ich viel zu spät, dass ich Rosen köpfe, die ich nach Mutters ausdrücklicher Anweisung nicht hätte anrühren sollen. Mit einem Seufzer sage ich mir, dass es keine Rolle spielt, weil nichts mehr eine Rolle spielt.

Das Haus ist ein Chaos und der Garten wild entschlossen, sich in einen unbezähmbaren Dschungel zu verwandeln, also kann ich auch mal den Bus nach Ystad nehmen, dann muss ich das alles wenigstens nicht mehr sehen. Zum ersten Mal seit Wochen werde ich Natalie und Marie wiedersehen, das heißt, erst muss ich zu dem anberaumten Termin bei einem Kinder- und Jugendpsychologen.

Ein paar Tage nach meinem Besuch auf der Polizeiwache kam per Brief die Einladung eines gewissen Erik Antonsson-Rosing, »Mitglied des Interventionsteams der Gemeinde Ystad und Dipl.-Psychologe mit dem Schwerpunkt Zwangssyndrome und Kinder mit sozialen und emotionalen Problemen«. Der Brief endete mit einem flockig locker handgeschriebenen »Ich freu mich, dich zu treffen!«. Als ich anrief, um abzusagen und ihnen zu erklären, dass sie der falschen Person geschrieben hätten, weil ich bewiesenermaßen unschuldig sei, sagte die Frau, die meinen Anruf entgegennahm, ich müsse trotzdem kommen, man wolle sichergehen, dass von der falschen Verhaftung nicht irgendwelche langwierigen traumatischen Störungen übrig bleiben.

Jetzt sitze ich in einem Wartezimmer in einer gottverlassenen Ecke des Ystader Krankenhauses und warte auf Erik Antonsson-Rosing. Exakt eine Minute nach der verabredeten Zeit öffnet er die Tür zu seinem Zimmer und lächelt mir entgegen, als gäbe es niemanden auf der Welt, den er lieber sähe. Er ist ein kleiner dicker Mann um die dreißig mit einem netten Gesicht, aber sein Händedruck ist so schlaff, dass es sich anfühlt, als hätte man einen Babyfuß in der Hand.

Er entschuldigt sich für die Verspätung, stellt sich vor – »Erik« – und bittet mich, einzutreten und Platz zu nehmen.

Ich hätte erwartet, dass in seinem Zimmer ein Schreibtisch steht und eine Liege mit hochgestelltem Kopfteil für die Patienten, stattdessen komme ich in ein Spielzimmer. An den Wänden hängen Poster mit allen möglichen Zeichentrickfiguren, und auf dem Linoleumfußboden liegen Spielsachen und große weiche Kissen.

»Setz dich, wohin du willst«, sagt Erik. Nach dem Ton zu urteilen, in dem er es sagt, und dem Blick, mit dem er es sagt, ist das schon mein erster Test.

Ich wähle die Sitzgelegenheit, die am wenigsten kindisch aussieht: An einem kleinen roten Holztisch stehen zwei rote hölzerne Bänke. Die Bänke sind allerdings so klein, dass meine Knie auf Schulterhöhe zu stehen kommen. Viel zu spät entdecke ich, dass es in einer anderen Ecke des Zimmers einen ganz normalen Schreibtisch mit zwei ganz normalen Stühlen gibt.

»Wir können auch dort sitzen«, sage ich und stehe wieder auf.

»Nein, nein, bleib einfach, wo du bist!«, sagt Erik.

Dann setzt er sich mir gegenüber auf die andere rote Bank und lächelt freundlich. Ich setze mich wieder hin und lächle auch, während ich mich weiterhin im Zimmer umsehe.

Im Stillen beschließe ich, das hier so schnell wie möglich hinter mich zu bringen. Wenn es stimmt, was ich in Büchern gelesen und im Fernsehen gesehen habe, wird er mich gleich nach meiner Mutter und meinem Vater fragen. Dann wird er wissen wollen, ob ich eine schwere Kindheit hatte und ob ich Möhren oder andere länglich-runde Sachen hasse. Vielleicht wird er auch eine alte Taschenuhr vor meinen Augen pendeln lassen, um mich zu hypnotisieren, und herausfinden, dass ich in meinem früheren Leben ein syphilitischer römischer Legionär war. Oder Napoleon. Meines Wissens waren die meisten Leute in ihrem früheren Leben Napoleon. Aber dann fällt mir wieder ein, dass Erik ja Kinder- und Jugendpsychologe ist und es nicht viele Kinder geben kann, die wissen, wer Napoleon war. Außer natürlich die, die in ihrem früheren Leben wirklich Napoleon *waren*. Nein, die meisten Kinder würden wahrscheinlich sagen, dass sie einer der sieben Zwerge, Willi Wiberg oder ein Schlumpf gewesen sind. Was wiederum beweist, dass es ein früheres Leben gar nicht gegeben hat. Es sei denn ...

Hier reißt mich Erik aus meinen Gedanken.

»Sollen wir was zusammen malen?«, fragt er.

»Sicher«, antworte ich etwas verwirrt.

Erik schleppt einen Stapel Papier und zwei große Dosen mit Filzstiften und bunten Malkreiden an. Da es sich mit ziemlicher Sicherheit um einen weiteren Test handelt, nehme ich eine halbwegs neutrale dunkelblaue Kreide und starre auf das Blatt vor mir. Ich spicke, was Erik malt, aber er scheint darauf zu warten, dass ich anfange. Ich muss aufpassen. Obwohl der verbitterte Teil meines Ichs am liebsten brennende Häuser und Hakenkreuze malen würde, möchte ich eben auch so schnell wie möglich Natalie und Marie treffen. Also male ich stattdessen ein paar kerzengerade Linien aufs Papier und füge, weil es ein bisschen minimalistisch aussieht, in einer Ecke des Blatts eine Blume hinzu.

»Was soll das sein?«, fragt Erik und schielt mit halb geschlossenen Augen und gespielter Teilnahmslosigkeit auf mein Blatt.

»Linien«, antworte ich. »Und eine Blume.«

Erik nickt und tut so, als suche er etwas in der Dose mit den Kreiden.

Inzwischen lasse ich noch ein paar Fliegen um die Blume surren. Dann wähle ich eine gelbe Kreide und male in die rechte obere Ecke eine lächelnde Sonne, damit der Psychologe sieht, dass ich keine Probleme habe. Trotzdem hat mein Bild jetzt etwas beunruhigend Surrealistisches, weshalb ich unten etwas grünes Gras und oben ein paar fluffige Wolken dazumale. Ich male sogar eine Handvoll Strichmännchenkinder, die fröhlich zu der Blume hinlaufen.

Schließlich wird das Bedürfnis, normal zu erscheinen, so überwältigend, dass ich noch einen kleinen Fluss, ein paar Bäume und ein Haus hinzufüge. Und trotzdem kommt mir das, was ich male, immer weniger normal vor. Es wirkt eher seltsam fremdartig, und das regt mich auf. Ich lasse die Strichmännchenkinder von ihren Eltern begleiten, die ihnen zum Abschied winken, aber so miserabel, wie ich male, ähneln sie mehr Albtraummonstern, die hinter den armen Kleinen her sind. Um die Situation zu retten, male ich den Erwachsenen Fähnchen, mit denen sie winken, aber das Ergebnis ist, dass es aussieht, als hielten sie große Fleischeräxte in den Händen.

Das Bild ist genau wie dieser Sommer: Ich investiere all meinen guten Willen, und trotzdem läuft alles falsch. Umso mehr muss ich Erik Antonsson-Rosing davon überzeugen, dass dieses Bild das Glück zeigt und keine blutrünstige Horde, die eine Handvoll unschuldige Kinder auf eine von Insekten belagerte Pflanze zujagt, während eine hysterisch sengende Sonne das Inferno auch noch grell beleuchtet.

»Die sind *fröhlich*!«, rufe ich, ohne lange zu überlegen, ob das nun besonders klug ist.

Ich schaue auf und sehe, dass Erik mich offenbar schon eine ganze Weile beobachtet hat.

»*Wer* ist fröhlich?«, fragt er.

»Die Kinder«, sage ich. »Und die Erwachsenen. Und die Sonne. Und die Fliegen. Alle.«

Ich sage es und weiß, dass mein unglücklicher Gesichtsausdruck nur zu gut zeigt, wie wenig meine Worte mit der Realität zu tun haben. Sie sind der hilflose Ausdruck eines sinnlosen Protests. Erik Antonsson-Rosing versteht sein Handwerk. In nicht einmal zehn Minuten ist es ihm gelungen, mich zu knacken.

»Ich glaube, ich will nicht mehr malen«, sage ich leise.

Erik nimmt mein Bild und studiert es genauer.

»Sind die großen Figuren Polizisten?«, fragt er vorsichtig.

Aha, darauf will er hinaus.

»Ja«, lüge ich und nicke.

»Und bist du auch auf dem Bild?«

»Ja«, lüge ich wieder.

»Wo denn?«

Ich zeige auf das allerkleinste Strichmännchen. Das in der Eile nur ein Bein und zwei senkrechte Striche als Haare bekommen hat.

Erik legt das Bild auf den Tisch, verflicht seine knubbeligen Finger und sieht mich an. Hinter ihm an der Wand hängt eine Micky-Maus-Uhr. Ein schwaches Ticken ist zu hören, draußen vor dem Fenster startet ein Auto und fährt weg.

»Warum lügst du, Alicja?«, fragt Erik plötzlich.

Warmes Blut strömt mir in die Wangen.

»Ich lüge nicht«, lüge ich.

Erik sagt nichts. Die Uhr tickt weiter.

»Okay, vielleicht hab ich gelogen, dass es Polizisten sind und dass ich das bin. Das hier bin ich«, sage ich und zeige auf eine andere, etwas größere Figur. »Aber nur weil ich dachte, dass es das war, was Sie hören wollten.«

»Und warum ist es dir so wichtig, es mir recht zu machen?«

»Weil Sie ein Kinder- und Jugendpsychologe sind.«

»Und was hat das mit der Sache zu tun, um die es hier geht?«

Ich weiß nicht, ob das jetzt noch ein Test ist, und mir fällt auch nicht ein, was ich sagen soll. Erik sieht mich weiter an.

»Soll das nicht der Sinn des Treffens sein?«, frage ich. »Dass wir uns treffen und … damit es mir besser geht?«

»Dieses Treffen wurde von der Polizei und der zuständigen Behörde arrangiert, damit ich mir ein Bild von deiner psychischen Verfassung machen kann.«

»Aber ich bin okay.«

Erik schaut auf seine Armbanduhr, auf der ebenfalls Micky Maus abgebildet ist.

»Du bist jetzt seit einer Viertelstunde hier«, sagt er, »und in der Viertelstunde habe ich schon herausgefunden, dass du Anzeichen von Schüchternheit und Misstrauen zeigst. Gleichzeitig demonstrierst du mit der Wahl deines Sitzplatzes und dem Bild, das du gemalt hast, dass du das Treffen mit mir auf passiv-aggressive Weise lächerlich machen willst. Mit größter Wahrscheinlichkeit haben wir es also mit einem manifesten Schuldbedürfnis zu tun, das dir den Umgang mit deinen Gefühlen von Scham und Versagen erleichtert.«

»Was?«

»Darüber hinaus halte ich dich für grenzlabil mit einem verschobenen Weltbild, das von der Beziehung zu deinen Eltern herrührt. Ohne fortgesetzte psychiatrische Hilfe wird dein Zustand sich zweifelsohne verschlechtern und bald zu sowohl physischen als auch sozialen Störungen führen.«

»Aber ... aber ...«, stottere ich. »*Was?*«

Das Ticken der Micky-Maus-Uhr wird lauter, während Eriks Worte in meinen Ohren nachhallen.

Nach einer kleinen Ewigkeit, in der ich mir mein neues Leben mit Zwangsjacke in einer grau-weißen Gummizelle vorstelle, breitet sich ein Lächeln auf Eriks Gesicht aus. Dann wedelt er mit der Hand.

»War doch nur Spaß!«, sagt er.

»Was?«, wiederhole ich wie ein Papagei.

Erik sieht sehr zufrieden mit sich selbst aus und beginnt, Notizen zu machen.

»War doch nur Spaß! Dir fehlt nichts«, sagt er. »Ich stecke gerade mitten in der Fortbildung zum pädagogischen Psychologen mit dem Schwerpunkt Rational-Emotive Verhaltenstherapie. Ich wollte nur ein bisschen üben. – Klang doch gut, oder?«

Erik schreibt weiter.

»Was habe ich nach dem ›verschobenen Weltbild‹ gesagt?«

»Dass es von der Beziehung zu meinen Eltern herrührt«, antworte ich kläglich.

»Genau! Oh, das hört sich wirklich gut an!«

Jetzt habe ich mich wieder gefasst.

»Das heißt, ich bin *nicht* misstrauisch? Und ich habe *nicht* das Gefühl, versagt zu haben? Und all das andere auch nicht?«

»Aber nein! Schon als ich dich im Wartezimmer gesehen habe, wusste ich, dass da keine Probleme sind.« Erik beugt sich verschwörerisch über den Tisch. »Ich verrate dir ein Berufsgeheimnis: Ich kann in drei Sekunden beurteilen, ob jemand gesund ist.«

»Und das ist wirklich … professionell?«

Wieder wedelt Erik mit der Hand.

»Der Instinkt macht's.«

Erik lächelt mich an.

»Du kannst jetzt gehen, wenn du willst. Was die Polizei mit dir gemacht hat, war nicht in Ordnung, aber ich glaube nicht, dass es irgendwelche dauernden Schäden zur Folge hat.«

»Sind Sie sicher? Und wenn es doch traumatisch war?«

Eriks Lächeln verschwindet.

»Vor ein paar Wochen habe ich einen siebenjährigen Jungen behandelt, den seine Eltern seit seiner Geburt misshandelt und gefoltert haben. Von einem Trauma kannst du sprechen, wenn sie dir zum Geburtstag Zigaretten auf dem Bauch ausgedrückt haben.«

Da ich mit so einem Schicksal nicht dienen kann, stehe ich auf. Ich bin vom Sitzen auf der kleinen Holzbank ganz steif, und es geht mir eindeutig schlechter als vor dem Treffen mit Erik Antonsson-Rosing, Dipl. Kinder- und Jugendpsychologe.

»Trotzdem glaube ich, Sie haben recht«, sage ich und setze mich wieder hin.

»Womit?«

»Mit dem, was Sie über Scham- und Schuldgefühle gesagt haben. Und über meine Eltern.« Ich zwinge einen Kloß im Hals hinunter. »Ich bin doch … grenzdebil.«

»Grenz*labil*«, korrigiert mich Erik.

»Und wenn ich's mir überlege, brauche ich doch psychologische Hilfe.«

»Und *warum* solltest du die brauchen?«

»Diesen Sommer … es ist so viel passiert. Mit meinem ganzen Leben irgendwie.«

»Ja, aber so ist das, wenn man sechzehn ist. Es ist eine anstrengende Zeit.«

»Nein, Sie verstehen es nicht. Meine Mutter kommt aus Polen … und sie hat diese durchgeknallten Verwandten …«

Erik lacht schallend, aber ich gebe nicht auf.

»Gibt es vielleicht … eine Art Gesprächsgruppe für Kinder … polnischer Eltern?«

Erik wischt sich die Tränen aus den Augen und muss sich zusammenreißen, um überhaupt antworten zu können.

»Alle Teenies finden ihre Eltern peinlich, das ist normal, weil es uns hilft, die emotionalen Bande zwischen ihnen und uns zu kappen, um selbstständig und am Ende erwachsen zu werden.«

»Es gibt also keine Gesprächsgruppe?«

»Wenn du willst, kann ich dir die Nummer für das Kinder-Nottelefon geben«, sagt Erik, und ich höre im Geist schon das Lachen am anderen Ende der Leitung, wenn ich dort anrufe und von meinen Problemen erzähle.

»Nein, schon gut. War nur Spaß.«

Wir geben uns die Hand, und ich gehe, Erik Antonsson-Rosings Prusten im Ohr, aus dem Zimmer.

»Eine polnische Mutter!«, höre ich ihn kichern.

Ich treffe Natalie und Marie bei Natalie zu Hause. Natalie wohnt in einem rosa Haus mit Blumenbeeten voller gelber Rosen in einer von Ystads schönsten Straßen. Alles in dem Haus ist blitzsauber, und in der Küche steht eine Vase mit geschmackvoll arrangierten Sommerblumen. Natalies Mutter kauft nur in der Markthalle am Marktplatz ein, was ich, wenn ich eine reiche Hundertprozentschwedin bin, auch tun werde.

Natalies Mutter bringt ein Tablett mit drei großen Gläsern Milch und eine Platte voller Zimtschnecken. Es ist alles so, wie ich es mir zu Hause wünschen würde.

»Erzähl, was hast du gemacht, seit du aus Polen zurück bist?«, fragt Natalie und beißt herzhaft in eins der süßen Teilchen.

Hagelzucker rieselt auf ihre schöne Tagesdecke.

»Nicht so viel«, sage ich. »Bei uns zu Hause war's ein bisschen anstrengend.«

Ich erwähne mit keinem Wort den Kinder- und Jugendpsychologen, weil ich sonst erzählen müsste, dass die Polizei mich festgenommen hat, und wenn ich das erzählen würde, käme unweigerlich Ola Olsson ins Spiel.

Es ist so schön, mit seinen Freundinnen zusammen zu sein, dass ich trotz allen Problemen etwas in mir aufbrechen spüre. Mit zittriger Stimme beginne ich, nachdem alle Zimtschnecken aufgegessen und alle neuesten Gerüchte durchgehechelt sind, *Ich geh im Sommerregen* zu singen.

»*Mag sein, ich bin verwirrt, betrunken und verletzt*«, singe ich, »*aber ich hab mich noch nie so einsam gefühlt wie jetzt.*«

Dann fange ich an zu weinen.

Wie wahre Freundinnen umarmen sie mich beide, Natalie und Marie, und sagen mir, dass alles gut werden wird.

Sie können nicht wissen, wie falsch sie damit liegen.

14

Der frühere faschistische Führer Italiens Benito Amilcare Andrea Mussolini wurde in der kleinen Stadt Predappio in der Provinz Forlì-Cesena in Norditalien geboren. Der bekannte Prickelwein Lambrusco kommt auch von dort. Mussolini wurde hingerichtet und kopfüber vor einer Tankstelle aufgehängt. Es gibt nicht viele Menschen, die wissen, dass er als Journalist gearbeitet hat, bevor er Politiker wurde, oder dass einer seiner Söhne Jazzmusiker wurde und eine der Schwestern von Sophia Loren geheiratet hat. *Ich* weiß es, weil Benito Mussolini und ich am selben Tag Geburtstag haben: am 29. Juli. Während Rafał seinen Geburtstag (am 31. Mai) mit schönen coolen Menschen wie Brooke Shields oder Clint Eastwood teilt, ist »Il Duce« die einzige richtige Berühmtheit, die das Unglück hatte, an einem 29. Juli geboren zu werden. Angeblich sind Geburtstage um Weihnachten herum das Schlimmste, was einem passieren kann, aber ich weiß es aus bitterer Erfahrung besser: Mitten im Sommer ist das Schlimmste, weil dann alle Freunde in den Ferien sind.

An meinem sechzehnten Geburtstag wache ich früh am Morgen auf. Ich schleiche mich leise zur Toilette, flitze schnell zurück ins Bett und tue so, als würde ich schlafen. Ich lausche angestrengt nach irgendwelchen Geräuschen von unten und leisen Schritten auf der Treppe, aber das Haus bleibt still. Nach zwei Stunden gebe ich auf und gehe ins Wohnzimmer, das jetzt unser Raum für alles ist.

»Du hast es vergessen!«, bricht es vorwurfsvoll aus mir heraus, als ich sehe, dass Mutter den Tisch fürs Frühstück deckt.

»Hab ich nicht«, antwortet sie und beginnt *Sto lat*, das polnische Geburtstagslied, zu singen.

Dann umarmt sie mich und überreicht mir zwei Päckchen. Auf dem Geschenkpapier sehe ich Schnee, Tannen und Wichtel mit roten Mützen.

»Aber du hättest in mein Zimmer kommen sollen und singen«, sage ich. »Als ich noch im Bett gelegen habe.«

»Mach dich nicht lächerlich, für so was bist du jetzt zu alt.«

»Für so was ist man nie zu alt! Und du hättest wenigstens neues Geschenkpapier kaufen können.«

Das sage ich, obwohl ich mich wundere, dass die Geschenke überhaupt eingepackt sind. Vorletztes Mal bekam ich meine Geschenke in einer Plastiktüte.

»Pack aus!«, sagt Mutter. »Es sind Strümpfe.«

Meine Augen füllen sich mit Tränen.

»Warum sagst du, was es ist, bevor ich's überhaupt ausgepackt habe?«

Ich schaue mich auf dem gedeckten Tisch um.

»Und du hast nicht mal Kuchen gekauft?«, sage ich und komme mir allmählich wie ein kleiner italienischer Geburtstagsdiktator vor.

»Beeil dich und zieh dir was Ordentliches an!«, sagt Mutter. »Pan Bogusław hat beim Sträucherpflanzen aus Versehen

126

ein Kabel durchgeschnitten. Jetzt haben wir keinen Strom, und jeden Moment kann jemand von den Elektrizitätswerken kommen. Sie dürfen auf keinen Fall sehen, dass wir Handwerker im Haus haben. Los jetzt!«

Für den Rest des Vormittags sind Mutter, die Handwerker und ich damit beschäftigt, eine Million im Haus und im Garten verstreute Werkzeuge einzusammeln. Dabei bin ich es, die alle paar Minuten vom Hof auf die Straße laufen und nachschauen muss, ob das Auto von den Elektrizitätswerken kommt. Trotzdem bleibt mir genug Zeit, mir vorzustellen, wie es wäre, wenn ich eine normale schwedische Mutter hätte. Dass ich jetzt zum Beispiel nicht Schwarzarbeit verschleiern müsste, sondern an einem schön gedeckten Tisch sitzen und leckeren Geburtstagskuchen essen würde. Und Päckchen auspacken, von denen ich nicht schon wüsste, was drin ist.

In derselben Sekunde, als Mutter Pan Maciej und Pan Bogusław in die Garage schiebt, fährt der orange-weiße Kastenwagen der Elektrizitätswerke auf den Hof.

»Red mit ihnen!«, sagt sie und gibt mir einen Schubs. »Und denk dran: Wir haben *keine* polnischen Handwerker im Haus!«

»Aber…«, sage ich, aber da macht sie schon die Haustür zu. Ich stehe einsam und verlassen auf dem Hof.

Aus dem Wagen steigen gleich zwei junge Typen in den orangefarbenen Overalls der Elektrizitätswerke. Zu meinem Entsetzen sehen sie auch noch gut aus, und ich habe die Haare nicht gewaschen und hässliche alte Klamotten an.

»Guten Tag! Na, was ist passiert?«, fragt der Erste. Er ist unfassbar groß.

»Wie meine Mutter am Telefon gesagt hat: Wir haben keinen Strom«, sage ich. »Seit heute Morgen.«

Der Kleinere von den beiden macht sich Notizen, dann gehen wir ins Haus, wo ich ihnen den Stromkasten im Flur zeige. Ich registriere, wie Mutter schnell die Küchentür zumacht, damit die beiden nicht sehen, dass wir renovieren.

»Aber ich glaube, ich weiß, was das Problem ist«, sage ich und führe die beiden wieder hinaus in den Garten.

Die Jungs sind so herrlich sommerbraun und haben so unglaublich blaue Augen, dass ich mich nur schwer konzentrieren kann. Der Kleinere hat sogar Sommersprossen auf der Nase!

Ich zeige auf die Grube, in der eine Plastiktüte das durchgeschnittene Kabel verdeckt. Der Größere steigt hinein, um sich das Kabel aus der Nähe anzusehen.

»Und wie ist das passiert?«, fragt er in einem nicht mehr ganz so freundlichen Ton.

»Ja, äh«, sage ich. Jetzt bloß nicht die polnischen Handwerker erwähnen! »Das war ich.«

Der Kleinere sieht mich mit gerunzelter Stirn an.

»Du?«

Ich räuspere mich und sage: »Ja.«

»Und warum machst du so was?«, fragt der Größere.

»Ich wollte nur …« Ich zeige auf einen x-beliebigen Strauch in der Nähe. »… den Strauch da umpflanzen. Und da hab ich aus Versehen das Kabel durchgeschnitten.«

»Du? *Du* hast das Kabel durchgeschnitten?«, wiederholt der Kleinere.

Dann entdecke ich den Spaten, den wir beim Aufräumen übersehen haben. Er steht einen Meter von der Grube entfernt. Oben am Stiel hängt eine von Pan Bogusławs unzähligen Kappen. Ich setze mir das schmutzige Ding schnell auf und ziehe den Spaten so routiniert wie möglich aus der Erde.

»Ja, ich … werkle gern im Garten«, sage ich. »Wir … ich bin gerade dabei, ein paar Sachen umzupflanzen.«

Ich sehe, wie der Kleinere einen Blick auf das Labyrinth von Schnüren um uns herum wirft.

Ich beschließe, das Thema zu wechseln. »Und? Kann man es reparieren?«, frage ich in einem möglichst glaubwürdigen Jetzt-stehen-wir-mal-nicht-herum-und-verschwenden-Zeit-und-Geld-Ton.

»Wir haben leider nicht das richtige Kabel dabei, um das hier auszuwechseln«, sagt der Größere. »Wir müssen noch mal in die Zentrale, aber wir versuchen, später am Nachmittag wiederzukommen.«

Im Garagenfenster sehe ich Pan Bogusławs Gesicht und bringe es mit hektischem Kopfschütteln zum Verschwinden.

»Spitze!«, sage ich. »Dann bis später!«

Dann gehen wir zurück zu ihrem Wagen.

»Könnte ich schnell mal auf eure Toilette?«, fragt der Größere.

»Nein! Wir …ICH bin auch dabei, das Badezimmer zu renovieren.«

»Aha. Aber vielleicht kann ich in die Küche. Ich müsste mir die Hände waschen, sie sind ein bisschen dreckig von der Gartenerde.«

»Nein! Leider. Die Küche renoviere ich auch.«

Den zwei gut aussehenden Jungs von den Elektrizitätswerken verschlägt es erst mal die Sprache.

Dann sagt der Größere: »Du scheinst ganz schön beschäftigt zu sein.«

»So ist das auf dem Land«, sage ich.

»Wie alt bist du eigentlich?«, fragt der Kleinere.

»Sechzehn. Seit heute. Meine Eltern sind für Kinderarbeit.«

Als keiner von den Jungs eine Miene verzieht oder gar Anstalten macht, mir zum Geburtstag zu gratulieren, wechsle ich schnell wieder das Gesprächsthema.

»Ich kann einen Eimer Wasser holen.«

»Nein, ist schon okay«, antwortet der Größere.

Als sie endlich weggefahren sind, stürme ich ins Wohnzimmer, wo Mutter steht und Kleider zusammenfaltet.

»Sei so lieb und red du mit ihnen, wenn sie noch mal zurückkommen«, sage ich zu ihr.

»Haben sie es nicht gleich repariert?«

»Sie brauchen eine andere Sorte Kabel. Sie wollen später wiederkommen.«

»Typisch«, sagt Mutter.

»Bitte, red *du* mit ihnen. Es war so peinlich. Ich musste ihnen ja erklären, was passiert war.«

»*Nie krępuj się*«, lautet Mutters Antwort.

Und bevor mir eine Antwort auf meinen Hasssatz Nummer eins einfällt, klingelt es an der Tür. Mutter wirft mir einen Blick zu, der besagt, dass ich es bin, die nachsehen soll, wer es ist.

»Wenn es Nanna ist«, sagt Mutter, »sag, dass ich nicht zu Hause bin.«

»Aber sie sieht doch dein Auto.«

»Sag's trotzdem. Sie wollte kommen und sich was ausleihen, aber ich habe keine Lust, mit der Frau zu reden.«

»Warum immer ich? Es ist mein Geburtstag, und bestimmt hast du auch nichts Leckeres zum Abendessen gekauft!«

Es klingelt wieder.

»Alicja, mach dich nicht lächerlich und geh an die Tür!«

»Ich? Mich lächerlich machen? *Ich* bin doch nicht diejenige, die so tut, als wäre sie nicht hier!«

Dann klingelt es zum dritten Mal. Ich stürze aus dem Wohnzimmer und sehe im Flurspiegel, dass ich immer noch Pan Bogusław hässliche Dreckskappe aufhabe, aber ich mache mir nicht die Mühe, sie abzusetzen. Tief in mir drinnen hoffe ich, dass es die Jungs von den Elektrizitätswerken sind, die was vergessen haben. Ich hab das Lügen satt.

Als ich die Tür aufmache, steht Ola Olsson vor mir. Er sieht so gut und trotzdem irgendwie traurig aus, dass mir fast das Herz stehen bleibt. Gleichzeitig überflutet mich eine Riesenwelle kalter Wut. Alle Ungerechtigkeiten, die ich in der letzten Zeit ertragen musste, kommen mir schlagartig in den Sinn, aber vor allem Ola Olssons beschissene Idee, mich bei der Polizei für etwas anzuzeigen, was ich nicht getan habe.

»Alicja«, sagt er. »Ich wollte mich bei dir entschuldigen fü...«

Bevor er weiterreden kann, trete ich ihm mit voller Wucht gegen das Schienbein und schreie:

»Du Idiot!«

Dann knalle ich die Tür zu.

15

Noch ein paar Wochen, dann beginnt wieder die Schule.

Aber für den Rest der Ferien werde *ich* zu Hause das Heft in die Hand nehmen. Die Aussicht auf das neue Schuljahr macht mich erstaunlich hellsichtig und entschlossen. Schluss mit den Lügen und dem verrückten Chaos! Pan Bogusław musste mir versprechen, dass sie bald fertig sind. Er hat es zwar schon mindestens vier Mal versprochen, aber jetzt, beim fünften Mal, ist es verbindlich. Sylwia und Celestyna sind in Simrishamn (und noch ahne ich nicht, dass die beiden uns das größte Drama des Sommers bescheren werden). Ola Olsson wird sich sicher für immer von mir fernhalten, worüber ich nicht traurig bin. Auch steht keine Polen- oder Papstreise an, und zum Psychologen muss ich auch nicht mehr. Es gibt also nichts, was mich aus dem Gleichgewicht bringen könnte. Ich habe alles unter Kontrolle.

Zum ersten Mal seit zwei Monaten habe ich das Gefühl, ich könnte den Sommer genießen. Jedenfalls kann mich nichts und niemand mehr daran hindern. Ich werde endlich schöne, erholsame Ferien haben.

»Wenn du willst, kann *ich* mich um den Handwerker kümmern«, sage ich auf Schwedisch zu Mutter, damit Pan

Bogusław es nicht versteht. »Dann kannst du dich in Ruhe um alles andere kümmern.«

Die Alicja der Zeit vor dem August ist nur noch eine blasse Erinnerung. Von jetzt an werde ich die personifizierte Hilfsbereitschaft und Güte sein.

»Das wäre schön«, antwortet Mutter und lächelt dankbar.

Nachdem Mutter geschätzte hundert Mal im Baumarkt war, um Rohre, Muffen und Schellen zu kaufen, die dann doch die falschen Maße hatten, muss Pan Bogusław mit nach Ystad fahren und selbst kaufen, was er für die diversen Küchenanschlüsse braucht. Als das erledigt ist, sitzt er steif auf dem Rücksitz des Olvo und schaut mit großen Augen auf die Schaufenster, an denen wir vorüberfahren. Wir wollen noch zum Einkaufen ins Zentrum.

»Ich bin in einer halben Stunde zurück«, sagt Mutter, als sie uns vorm Kaufhaus *Åhlens* aussteigen lässt.

Eingeschüchtert lässt mir Pan Bogusław an den großen Glastüren den Vortritt.

Ich sage ihm, dass ich in seiner Nähe bleibe und er mich rufen soll, wenn er Hilfe oder meine Dolmetschdienste braucht, dann trennen wir uns.

Ich gehe zur Buch- und Papeterie-Abteilung, wo schon große blaue Endlich-fängt-die-Schule-an-Schilder von der Decke hängen. Ich sehe ein paar Gesichter, die ich aus der Schule kenne, aber zum Glück ist niemand aus unserer …

OLA OLSSON! Ola Olsson steht in der Krimi-Ecke, und eben gerade hat er mich entdeckt. Uaaaaahhh!

Aber die Alicja in Ferienstimmung wird nicht treten, schreien oder fluchen. Sie nimmt nur seelenruhig ein Buch aus der Ramschkiste und würdigt den jungen Herrn, der sie von der Polizei verhaften ließ, keines Blickes. Es ist ihr auch nicht peinlich, dass sie ein Buch mit dem Titel *Nie mehr müssen müssen – Ihr Weg aus der Inkontinenz* erwischt hat, vielmehr stellt sie mit großem Interesse fest, dass gegen leichte Inkontinenz zusammengekniffene Pobacken helfen. Sie fragt sich nur, warum Inkontinenz bei Frauen häufiger vorkommt als bei Männern. Dann hört sie eine Stimme.

»Hallo.«

»Hallo«, antworte ich kälter als das kälteste Fach der Tiefkühltruhe.

»Bitte verzeih mir, was passiert ist!«

Ich sage nichts, sondern versenke mich nur noch tiefer in mein Buch, dem ich entnehme, dass es vier Arten von Inkontinenz gibt, wovon die Stressinkontinenz die am weitesten verbreitete ist.

»Alles ist so falsch gelaufen. Und jetzt … bitte verzeih mir doch!«

Jetzt gerät mein Blut doch in Wallung, und ich spüre meine Wangen rosa werden.

»Versuch's doch bitte mal aus meiner Sicht zu sehen«, fährt Ola fort. »Ich *musste* doch denken, dass du es warst. Am Anfang hab ich sogar *gehofft*, dass du es bist. Dass du …«

»Ich sehe *kein bisschen* wie Celestyna aus!«, schreie ich und knalle das Buch zu.

Ein paar Leute recken schon die Hälse, und jetzt sehe ich Ola Olsson endlich an. Sehe, wie schrecklich leid es ihm wirklich zu tun scheint. Er sieht genauso unendlich traurig aus wie an dem Tag, als er in Vallerup aufgetaucht ist und ich ihm gegen das Schienbein getreten habe. – Ha, das hatte er verdient!

»Ich weiß«, sagt er unglücklich. »Aber sie hatte immer deine Kleider an und ...«

Ich werde so wütend, dass zur Stressinkontinenz wahrscheinlich nicht mehr viel fehlt.

»Sehe ich aus wie dreizehn?«

»Nein ...«

»Habe ich flachsblonde Haare?«

»Nein, si...«

»Sehe ich aus wie jemand, der gerade eine Schokoriegeldiät macht?«

»Überhaupt ni...«

»Sehe ich aus wie jemand, der Leuten nachstellt?«

»Nein, überhaupt nicht! Aber ich dach...«

»Sehe ich aus, als hätte ich nichts Besseres zu tun, als anderer Leute Blumenbeete umzupflügen?«

»Nein ...«

»Sehe ich aus, als würde ich mit toten Vögeln spielen?«

»Nein ...«

»Sehe ich aus, als würde ich anderen Leuten Dachse ins Bett legen? *Tote* Dachse?«

»Ich hab sie immer nur von weit weg ...«

»Sehe ich überhaupt wie jemand aus, der auch nur *einen Hauch* von Interesse an jemandem wie dir haben könnte?«

Ola Olsson antwortet nicht und sieht nur immer zerknirschter aus.

»Kurz gesagt: Sehe ich vielleicht wie eine PSYCHO-PATHIN aus?«

»Nein«, sagt Ola Olsson mit schwacher Stimme.

Ich spüre, dass ich wieder freier atmen kann.

»Dann hätten wir das ja geklärt!«, sage ich.

Und dann steht plötzlich Pan Bogusław neben mir.

»Fräulein Alicja, brauchen Sie Hilfe?«, fragt er und sieht Ola Olsson drohend an.

»Danke, nicht nötig. Aber ich glaube, es ist am besten, wenn wir draußen auf Mutter warten.«

Bevor wir gehen, wende ich mich noch einmal Ola Olsson zu.

»Nur zu deiner Information: Das hier ist Pan Bogusław, unser hundertprozent illegaler Handwerker aus Polen. Nur damit du alles sauber auf die Reihe kriegst, wenn du bei deinen Freunden von der Polizei anrufst. Außerdem kannst du ihnen erzählen, dass mein Vater bei der Steuererklärung schummelt, mein Bruder Rafał, seit er zwölf ist, einen falschen Schülerausweis benutzt und meine Mutter Kartoffeln und Zwiebeln von fremden Feldern holt.«

Und in letzter Sekunde fällt mir noch was ein:

»Ach, übrigens: Ich hab nicht die Bohne Lust, katholisch zu werden! Ich kapier nicht mal, wer der Heilige Geist sein soll, wenn er nicht entweder Gott oder Jesus ist!«

Dann marschiere ich mit Pan Bogusław in Richtung Ausgang. Pan Bogusław will etwas sagen, aber ich höre nicht zu, weil jede einzelne Zelle in mir tobt vor Wut. Erst als ich ein ohrenbetäubendes Piepen höre, sehe ich, was Pan Bogusław mir sagen wollte, dass er nämlich für die Sachen in seinem roten Plastikeinkaufskorb noch nicht bezahlt hat. Und jetzt ist es dazu zu spät. Der Alarm ist laut genug, um Tote aufzuwecken. Pan Bogusław wird leichenblass.

»Fräulein Alicja, was sollen wir machen?«, fragt er. »Ich wollte die Sachen doch bezahlen.«

In dem Einkaufskorb liegen mehrere Flaschen Shampoo

und Haarpflegebalsam, ein paar Tiegel Hautcreme, eine Flasche Parfum und eine Schachtel Tampons.

»Es sind Geschenke für meine Frau«, sagt er.

Ich sage nichts, weil ich ganz einfach nicht weiß, was wir tun sollen.

Gleich werden die Sicherheitsleute auftauchen, danach wird es ein Verhör auf der Polizeiwache geben, und irgendwann wird die Polizei eins und eins zusammenzählen und darauf kommen, dass Pan Bogusław hier bestimmt nicht nur ein bisschen Urlaub macht. Dann wird Mutter ihre Arbeit als Dolmetscherin bei der Polizei verlieren, und mich werden sie wieder zu Erik Antonsson-Rosing schicken, dem Dipl.-Kinder- und Jugendpsychologen, der herausfinden soll, warum ich von meinen kriminellen Aktivitäten offenbar nicht lassen kann.

»Gib mir den Korb!«, höre ich da eine Stimme sagen.

Es ist Ola Olsson.

»Gib mir den Korb und hau ab!«, sagt Ola Olsson.

Ich reiße Pan Bogusław den Korb aus der Hand und gebe ihn Ola Olsson. Das Inkontinenzbuch, das ich immer noch in der Hand halte, gebe ich ihm auch. Dann stürmen Pan Bogusław und ich durch die großen Glastüren ins Freie und wagen es nicht, uns umzudrehen.

16

Irgendwann nach Mitternacht wache ich auf, und egal wie oft ich mich drehe und wende, es gelingt mir nicht, wieder einzuschlafen. Die Decke ist erstickend schwer und heiß, die feuchte Matratze schlägt Wellen, und die Luft in meinem Zimmer scheint vollkommen stillzustehen. Alles, was man hört, ist das unmelodische Gezirpe der Grillen.

Hellwach gehen mir immer wieder die Ereignisse des Tages durch den Kopf. Bin ich mit meiner Standpauke zu weit gegangen? Nein, Ola Olsson hatte sich jede Sekunde redlich verdient. Es war seine Schuld, dass er mich mit Celestyna verwechselt hat, wegen *ihm* bin ich von der Polizei verhaftet worden. Hätte ich seine Entschuldigung trotzdem akzeptieren sollen? Ganz bestimmt nicht. Oder vielleicht doch? NEIN! Ich war schließlich kurz davor, in der Jugenderziehungsanstalt zu landen.

Aber vielleicht sind wir jetzt ja quitt?

Ich sehe wieder vor mir, wie Ola Olsson den Korb genommen hat und dageblieben ist, um die Strafe für einen versuchten Ladendiebstahl auf sich zu nehmen, damit Pan Bogusław und ich uns aus dem Staub machen konnten. Ich spule die Zeit noch weiter zurück und erinnere mich, wie freudig überrascht er gewirkt hat, als wir uns erst in Vadstena und dann auf dem Marktplatz in Ystad getroffen haben. Wie interessiert er mich alles Mögliche gefragt hat, bevor Mutter kam und mich wegzerrte, weil man Männern, die Pferde mögen, angeblich nicht trauen kann.

Soll ich ihm trotz allem verzeihen? Warum muss das Leben nur so kompliziert sein?

Irgendwann halte ich es im Bett nicht mehr aus. Ich stehe auf und öffne das Fenster. Das Grillengezirpe setzt für ein paar Sekunden aus. Die Luft ist draußen etwas kühler, und ich meine, zwei Fledermäuse fliegen zu sehen. Ich muss etwas unternehmen.

Ich gehe leise die Treppe hinunter und finde tatsächlich das Telefonbuch. Zurück in meinem Zimmer schlage ich die Olssons in Ystad nach. Wie sich herausstellt, gibt es davon über drei Seiten. Ich nehme einen Stift und streiche alle durch, die nicht in Ingelstorp wohnen, da sind es zum Glück nur noch zwei. Ich hole auch das Telefon in mein Zimmer und wähle die erste Nummer. Ich muss es zweimal versuchen, bevor jemand abnimmt.

»Hallo?«, sagte eine belegte Frauenstimme.

»Hallo, ist Ola da?«

Es folgt eine kurze Stille, in der sogar die Grillen innehalten. Dann legt die Frau den Hörer ab, und ich höre sich schlurfend entfernende Schritte. Nach mehreren Minuten, in denen ich mich frage, ob Frau Olsson sich vielleicht wieder hingelegt hat, höre ich näher kommende Schritte.

»Ola.«

Mein Herz klopft bis zum Hals, aber aus anderen Gründen als am Nachmittag bei *Åhlens*. Die Hand um den Hörer wird auch schon schwitzig.

»Hallo, hier ist Alicja.«

Stille.

»Hallo«, sagt Ola Olsson.

Nachdem ich bisher nur daran gedacht habe, dass ich Ola schnellstmöglich erreichen muss, muss ich jetzt improvisieren.

»Ich wollte dich fragen, ob du Lust hast, mich zu treffen?«, sage ich und versuche, dabei noch eine Spur leichter zu klingen als ein Schmetterling bei Rückenwind.

»Jetzt?«

»Nein, morgen. Bei *Ales Stenar*? So um zwölf?«

Stille. Dann:

»Okay.«

Mein Herz macht einen fröhlichen Sprung.

»Dann sehen wir uns also. Bis …«

Aber Ola Olsson hat schon aufgelegt. Aus dem Hörer kommt nur noch ein eintöniges Tuten.

Ich schau auf die Uhr, wie lange es bis zwölf noch ist. Die Uhr zeigt kurz nach eins, macht zehneinhalb Stunden, die ich mir vertreiben muss, bis es Zeit ist, sich aufs Fahrrad zu schwingen und nach Kåseberga aufzubrechen. Zum Glück muss dringend der Rasen gemäht werden, und der Abwasch vom Abendessen ist auch noch nicht gemacht. Nägel lackieren und den Kleiderschrank durchforsten, um zu sehen, was ich überhaupt anziehen soll, wären weitere Alternativen. Außerdem hat Mutter mich gebeten, das Gartentor zu streichen, und dafür genau den richtigen Zeitpunkt erwischt.

Dann merke ich zu meiner Erleichterung, wie mein Körper schwerer wird und es mich plötzlich wieder zu meinem Bett hinzieht. Ein paar Minuten später bin ich eingeschlafen und träume von Ola Olsson, der auf einem weißen Pferd die steile Felsküste am Meer entlanggeritten kommt. Für alle, die noch nicht da waren: *Ales Stenar* ist ein Steinmonument in der Nähe des kleinen Fischerdorfs Kåseberga. Es besteht aus um die sechzig großen Steinblöcken, die so in der Erde stecken, dass sie alle zusammen wie ein gigantisches Schiff aussehen. Man sagt darum auch Schiffssetzung dazu, und *Ales Stenar* ist die größte, die in Schweden noch erhalten ist. Die Forscher streiten immer noch über ihren Zweck und ihr genaues Alter. Jedenfalls ist es ein historisches Meisterwerk. Um dorthin zu gelangen, muss man auf einen Hügel steigen, das Monument steht dann nicht weit von einer Klippe, die steil ins Meer stürzt. Die Aussicht von dort ist unglaublich, und ich kenne niemanden, dem das steinerne Schiff nicht Respekt einflößt.

In der Nacht, als es mir einfiel, schien es mir der beste Treffpunkt der Welt zu sein: ein abgeschiedener Ort weit weg von Päpsten, Alarmanlagen, polnischen Müttern und irgendwelchen Menschen, die uns vielleicht kannten, ein Platz in der freien Natur, an dem wir ungestört sein würden.

Jetzt ist es Viertel vor zwölf, ich bin schon da, und zu meiner Verärgerung sehe ich jede Menge wahrscheinlich deutsche Touristen, die sich in kleinen Gruppen hügelaufwärts auf die berühmten Steine zubewegen. Es ist also kein bisschen so, wie ich es mir vorgestellt habe. Die Idee war, dass Ola Olsson und ich mit den Steinen allein sein sollten. Deutsche Touristen waren in meinem Plan nicht vorgesehen. Wenigstens ist es warm und sonnig, der leichte Wind vom Meer her stört mich nicht.

»*Mutti, Mutti! Was sind das für Steine, Mutti?*«, höre ich ein lautes deutsches Kind.

Ich stehe beim Stevenstein am südlichen Ende. Jetzt steht da auch noch eine hagere Familie in hässlichen gelben Windjacken. Der Vater trägt Schnurrbart, Mutti hat harte Linien um den Mund, und den zwei Kindern hat man lieblos die Haare geschnitten. Das jüngere zerrt an Muttis Arm.

»*Die sind aus der Wikingerzeit, Helmi, die sind ganz, ganz alt*«, sagt der Vater.

Ich halte so unauffällig wie möglich Ausschau, ob Ola Olsson schon auf dem Weg zu den Steinen zu sehen ist, aber ich kann ihn nicht entdecken.

»*Wie alt, Papi, wie alt?*«, fragt das Kind, das jetzt an Papis Arm zerrt.

Der Deutsche mit dem Schnurrbart wendet sich an mich.

»*Excuse me, how old are ze stones?*«, fragt er mich.

»*The Rolling Stones?*«

Papi verstummt und runzelt die Stirn.

»*No, ze stones here*«, sagt er schließlich.

»*Sorry, I don't know*«, antworte ich. »*I think about two thousand years old. Just like the Rolling Stones.*«

»*Zenk you*«, sagt Papi.

Ich werfe einen verstohlenen Blick auf meine Armbanduhr und sehe, es ist schon fünf nach zwölf. Und immer noch kein Ola Olsson in Sicht, nur eine größere Gruppe ebenfalls deutscher Touristen. Eine ältere Frau in Shorts und mit von lila Krampfadern übersäten Beinen fragt mich:

»*How many stones are zere here?*«

»*There are fifty-nine stones*«, antworte ich.

Weil ich so früh da war und nichts anderes zu tun hatte, habe ich sie tatsächlich gezählt.

Die Gruppe versammelt sich jetzt um mich herum, und ich begreife viel zu spät, dass sie mich für eine Art Fremdenführerin halten.

»Why did ze Vikings put zem here?«

»Is zere anyzing under ze stones?«

»Who waz actually diz Ale?«

»How much does ze tour cost?«

»Hallo, Alicja.«

Ola Olsson steht hinter mir. Er muss den Weg vom Strand herauf genommen haben.

»Hallo«, sage ich und spüre, wie ich bis zum Haaransatz erröte.

Dass er gekommen ist! Er ist hier!

»Gibt es die Führung auch auf Deutsch?«

»Ist das hier dein Sommerjob?«, fragt Ola und nickt in Richtung der Touristen, die jetzt in einer Traube vor mir stehen. Ein paar von ihnen wühlen in ihren Brieftaschen.

»Das hier? Nein, ich hab nur hier gestanden und gewartet.«

In Ola Olssons Nähe zittern mir die Beine. Ich versuche mich daran zu erinnern, mit welchen Worten ich unser Treffen einleiten wollte.

»Wie ist es bei *Åhlens* weitergegangen?«, frage ich stattdessen. »Haben sie dich … verhaftet?«

»Es war alles halb so schlimm. Ich hab ihnen einfach nur gesagt, ich hätte vergessen zu bezahlen. Ein bisschen schwierig war nur, meiner Mutter zu erklären, wieso ich mit Tampons und Haarbalsam nach Hause komme.«

Ola lächelt so warm, und seine Augen sehen mich so lieb an, dass ich mich fast an dem großen Stevenstein festhalten muss.

»Hier, ich hab's dir mitgebracht«, sagt er und gibt mir die Einkaufstüte. »Damit du's eurem Handwerker geben kannst.«

»Danke.«

»Dein Buch ist auch dabei.«

Mit Entsetzen schaue ich in die Tüte. Da ist es tatsächlich: *Nie mehr müssen müssen – Ihr Weg aus der Inkontinenz.*

»Danke«, sage ich und verspüre den unwiderstehlichen Drang, ein eventuelles Missverständnis aufzuklären. »Ich bin nicht inkontinent, falls du das denkst. Höchstens als ich noch Windeln anhatte, also als Kind, jetzt nicht mehr.« Meine Stimme wird umso schwächer, je klarer mir wird, wie das für ihn klingen muss. »Ich trag ja keine Windeln.«

»*You heff to zpeak louder!*«, ruft jemand von ganz hinten in der Touristentraube.

»Trotzdem danke«, fahre ich fort.

Auf biologisch kaum erklärbare Weise beginnen jetzt meine Beine abzuschmelzen. Jetzt, wo Ola wieder vor mir steht, begreife ich erst, *wie* verliebt ich in ihn bin und dass ich es schon seit Vadstena war. Davon abgesehen, dass er mir die Polizei auf den Hals gehetzt hat, ist Ola Olsson der bezauberndste, liebste Mensch, den ich jemals getroffen habe, und dazu sieht er noch am besten aus. Sogar sein leichter Skåne-Sound klingt wie Musik in meinen Ohren.

»Sollten wir vielleicht woanders hingehen?«, schlägt er vor. Ich nicke.

»Und wo?«

»Egal«, sage ich.

Dann gehen wir langsam zwischen den Steinen hindurch, und alles, woran ich denken kann, ist, dass unsere Arme kurz davor sind, sich zu berühren. Ich versuche mich an die Gesprächsthemen zu erinnern, auf die ich mich vorbereitet habe, aber es ist alles weg.

»Also …«, beginne ich.

»Also …«, sagt Ola und lächelt.

»Also …«, sage ich wieder, »… wie … wie war dein Sommer?«

»Spannend«, sagt Ola.

»Und wieso?«

Genau da berühren sich unsere Arme zum ersten Mal. Mich durchzuckt eine Art Stromschlag, und ich ziehe den Arm schnell weg.

»Oder nein, eigentlich nicht«, sagt Ola, der auch den Eindruck macht, als sei er ein bisschen aus dem Gleichgewicht. »Und wie war deiner?«

»Auch nicht spannend«, sage ich. »Normal halt, so wie immer.«

»Wie bei mir.«

Während wir schweigend weitergehen, schaue ich nach unten, und wenn mich nicht alles täuscht, zittern Olas Beine genauso wie meine. Was ja wohl heißt, dass er genauso nervös ist wie ich. Weil er dasselbe fühlt wie ich?

»Also …«, sagt jetzt Ola wieder.

»Also …«, sage ich.

»Also … du bist zur Hälfte polnisch, richtig?«

»Ja«, sage ich. »Die linke Seite. Die rechte ist schwedisch. Wenn sie sich bei Fußballländerspielen streiten, kann das ganz schön stressen.«

145

»Wen findest du besser?«

»Kommt drauf an«, sage ich. »Meistens den, der gewinnt.«

»*Has already ze tour started or not?*«

Wir drehen uns um und sehen, dass uns eine kleine Traube deutscher Touristen nachgelaufen ist.

»Und wie werden wir die jemals wieder los?«, fragt Ola lachend.

»Keine Ahnung«, sage ich. »Hast *du* eine Idee?«

»Ja. Vielleicht.«

Ola macht einen Schritt in meine Richtung.

»Und die wäre?«, frage ich schwach.

»Alicja …«

Aber bevor er weiterreden kann, sind unsere Gesichter schon ganz nah, und wir küssen uns. Ola schlingt die Arme um mich, und ich spüre seinen Körper, der nach Seife und nach Sommer riecht. Seine Lippen sind weich, und mich durchrieselt es bis hinunter in die Zehen und wieder zurück.

Das mechanische Klicken im Hintergrund höre ich trotzdem. Die Touristen haben ihre Kameras gezückt und fotografieren uns, während wir uns küssen.

»*Die Schweden!*«, höre ich einen von ihnen fröhlich in die Runde rufen. Es klingt, als hätte er schon lange auf etwas gehofft, was wir ihm endlich bestätigen.

17

»Bist du verliebt, oder was ist mit dir los?«, fragt Mutter misstrauisch, als ich den Müll raustragen will, obwohl ich schon drei Mahlzeiten hintereinander den Abwasch gemacht habe.

»Verliebt?«, sage ich. »Nein, nein, nein.«

Ich greife mir die Mülltüte und bin schnell weg, bevor ich noch mehr solche Fragen beantworten muss. Das wäre um ein Haar ins Auge gegangen. Ich muss aufhören, mich wie eine Volltrine aufzuführen. Aber sosehr ich es auch versuche, ich weiß einfach nicht mehr, wie man sich normal benimmt.

Als Mutter sagt, ich soll den Rasen mähen, mähe ich ihn und tanze und lache auch noch dabei. Als ich einen großen Ast beiseiteräume und in einen kleinen Asselregen gerate, schüttle ich die Tierchen vorsichtig ab, um nur ja keins zu töten. Den Regenguss auf die Wäsche, die ich gerade zum Trocknen aufgehängt habe, quittiere ich mit einem amüsierten Kopfschütteln. Und als wir einen ganzen Tag lang ohne fließendes Wasser sind, weil Pan Bogusław versehentlich den Haupthahn abgestellt hat, schleppe ich Eimer für Eimer aus dem Garten ins Haus und schlage vor, wir sollten das Ganze wie einen Campingurlaub nehmen.

Kurz gesagt, die Liebe hat mich lobotomiert.

»Du siehst ein bisschen fiebrig aus«, sagt Mutter misstrauisch.

»Nein, gar nicht«, sage ich und verschwinde nach oben in mein Zimmer.

Aber im Spiegel, in den ich in letzter Zeit so oft schaue, sehe ich selbst, wie meine Augen glänzen und wie rosig meine Wangen sind. Aber es stört mich genauso wenig wie mein idiotisches Dauergrinsen oder meine Stimme, die plötzlich dauernd ins Falsett rutscht. Ola Olsson und ich sind ineinander verliebt. Ola Olsson und ich sind *zusammen*. Ola Olsson und ich sind genau seit fünf Tagen, vier Stunden und zweiunddreißig Minuten zusammen. Die Welt bewegt sich in Zeitlupe, wenn wir uns nicht sehen, und ich tue alles, damit diese Stunden schneller vergehen. Ich habe seit *Ales Stenar* weder essen noch schlafen können und weiß jetzt, dass der menschliche Körper mit nichts als Liebe auskommen kann, eine Diät, die komischerweise in keiner Frauenzeitschrift steht.

Ola Olsson Ist Mein Freund! Nicht mal sein ein bisschen uncooler Name stört mich mehr. Er macht ihn nur noch einmaliger. Wie heißt es: Liebe Kinder haben alliterierende Namen.

Wir versuchen uns fast jeden Tag zu sehen, aber nur bei ihm, weil seine Eltern den ganzen Tag arbeiten und keine polnischen Handwerker das Haus besetzt haben. Unsere Stunden zusammen sind Knutsch- und Fummelmarathons. Wenn ich nur daran denke, werde ich schon rot. Und immer wieder muss er mir erzählen, wie lange er schon heimlich in mich verliebt gewesen ist (seit dem ersten Mal, als er mich auf der Treppe vorm Schulhaus gesehen hat), wie stark seine Gefühle für mich sind (noch nie hat er solche Gefühle für jemanden gehabt) und wie oft er an mich denkt (die ganze Zeit).

Ola Olsson Ist Mein Freund! Schon der Gedanke an Ola macht mich ganz wirr im Kopf. Ich frage mich ernsthaft, ob nicht Teile meines Hirns verdunstet sind.

Damit Mutter es nicht sieht, warte ich, bis sie zur Arbeit gegangen ist, bevor ich mir ihre Lockenwickler und den Fön hole. Ich habe beschlossen, mich besonders fein zu machen und meinen langweiligen Schnittlauchhaaren zu ein bisschen Fülle zu verhelfen.

Eine konzentrierte halbe Stunde lang wickle ich meine Haare auf die großen Lockenwickler. Ihre Kunststoffstacheln bohren sich in die Kopfhaut, und sie werden mit riesigen grauen Klammern befestigt. Damit die Haare schneller trocknen, knipse ich den polnischen Fünfkilofön an. Er bläst glutheiße Luft, die meine Kopfhaut versengt, und nach einer Minute tut mir der Arm weh von dem enormen Gewicht.

In derselben Sekunde, in der ich einen brenzligen Geruch wahrnehme, geht der Fön aus. Ich klopfe damit ein paarmal gegen den Waschtisch, bevor ich begreife, wo vermutlich das Problem liegt. Dann gehe ich nachschauen, was Pan Bogusław diesmal verzapft hat.

Ich finde ihn auf einem Stuhl sitzend in dem Raum, der einmal unsere Küche war und jetzt ein staubiges Chaos aus blank liegenden Stromleitungsenden, dunklen Placken, wo früher Kacheln waren, und Plastikfolie auf dem Boden ist.

»Ist alles in Ordnung?«, frage ich. Für einen kurzen Moment, in dem ausnahmsweise Blut statt Liebe durch meine Adern fließt, mache ich mir ernsthaft Sorgen um Pan Bogusław, dessen Gesicht blass und von kaltem Schweiß bedeckt ist.

»Alles in Ordnung«, antwortet er schwach.

Mir entgeht nicht, dass seine Haare, die unter der staubigen Kappe herausschauen, mehr abstehen als sonst.

»Was ist passiert?«, frage ich. »Wir haben wieder keinen Strom.«

Pan Bogusław wedelt mit der Hand in Richtung Wand.

»Ich habe gebohrt... ich muss... Stromleitung... kaputt...«

Er macht nicht den Eindruck, als wäre er imstande, einen zusammenhängenden Satz zu sagen.

»Ist wirklich alles in Ordnung?«

Wieder wedelt Pan Bogusław mit der Hand.

»Ich... nichts...«

Auch das ist nicht wirklich ein Satz, also gehe ich Pan Maciej holen, der im Badezimmer spachtelt. Er kommt und stellt fest, dass eine Stromleitung in der Wand angebohrt ist und ersetzt werden muss.

Meine unerschütterlich gute Laune wird etwas gedämpft, als ich die Elektrizitätswerke anrufe und bitte, dass jemand kommen soll. Aber dann denke ich wieder an Ola und die leidenschaftlichen Küsse von gestern, und nichts macht mir mehr Kummer.

Diesmal dauert es nicht lange, bis der orange-weiße Kastenwagen der Elektrizitätswerke auf den Hof fährt.

Pan Maciej und ich haben es gerade noch geschafft, Pan Bogusław zum Aufstehen zu bewegen, aber er brauchte uns als Stütze, um sich zur Garage zu schleppen. Als ich hinter den beiden die Tür zumachte, meinte ich ihn auf Schwedisch »Das kann teuer werden« murmeln zu hören.

»Du schon wieder?«, sagt der Kleinere.

Es sind dieselben blauäugigen Jungs, die schon mal hier waren. Ich tue so, als hätte ich die Frage nicht gehört, und führe sie in die Küche. Ich zeige auf die Stelle, wo Pan Bogusław die Stromleitung getroffen hat.

»Und was ist diesmal passiert?«, fragt der Größere mit einem Seufzer.

»Das sieht man doch wohl«, sage ich ein bisschen irritiert von seinem Ton. »Ich wollte in die Wand bohren, und da … da muss ich auf die Leitung gestoßen sein.«

Ich verschränke die Arme vor der Brust und stelle mich so breitbeinig hin wie Männer, wenn sie miteinander über technische Dinge reden.

»In Lockenwicklern?«

»Verzeihung?«

»Du bohrst mit Lockenwicklern in den Haaren?«, fragt der Größere.

»Ja«, antworte ich und schaue ihm furchtlos in die Augen. Schweigen. Dann der Kleinere:

»Und *warum* hast du in die Wand gebohrt?«

»Warum bohrt man in die Wand?«, antworte ich. »Um ein Loch zu machen.«

Ich sehe, wie der Kleinere sich das Chaos im Zimmer ansieht.

»Und du hast nicht in den Installationsplan geschaut oder mit einem Detektor kontrolliert, dass da keine Leitung ist, wo du bohrst?«, fragt der Größere.

»Klar hab ich das.« Meine Stimme wird ein bisschen zu laut. »Der Plan muss nur falsch gewesen sein.«

»Du …«, beginnt der Kleinere, und ich sehe, wie er seinem Kollegen einen schnellen Blick zuwirft. »Wir würden schon auch gern mit deinem Vater oder deiner Mutter reden.«

»Die sind nicht hier. Die sind in der Arbeit und kommen erst ganz spät zurück.«

Wieder Schweigen.

»Also, verstehe ich das richtig …«, sagt der Größere, »… deine Eltern lassen dich Sträucher umpflanzen, die Küche und das Bad renovieren und dabei in die Wände bohren – alles ganz allein, während sie in der Arbeit sind?«

Im selben Augenblick klingelt das Telefon. Ich war noch nie so froh, dass ein Gespräch unterbrochen wird.

Erst kann ich das Telefon nicht finden, weil Pan Bogusław es unter mehreren Zeitungen versteckt hat, und noch während ich den Hörer abnehme, fluche ich im Stillen über Mutter, ihre verdammten polnischen Handwerker und überhaupt den ganzen Schlamassel, der mich zwingt, andauernd irgendwelche Lügengeschichten zu erfinden.

»Hallo?«

»Alicja?«, fragt eine polnische Stimme. »*Mówi Sylwia.*« *Hier spricht Sylwia.*

Mir bleibt fast das Herz stehen. Seit der Sache mit Celestyna weigere ich mich, mit den beiden zu reden, aber wenn ich jetzt auflege, sieht es vielleicht komisch aus. Wenn ich allerdings nicht auflege, hören die Jungs von den Elektrizitätswerken mich Polnisch reden, was jedenfalls mir wie das Eingeständnis vorkäme, dass hier irgendwelche krummen Geschäfte laufen.

»Ja«, sage ich auf Schwedisch und so neutral wie möglich.

»Alicja, ist deine Mutter da?«, zwitschert Sylwia.

Ich schiele zu den Jungs, die zu meiner Erleichterung

schon anfangen, das Bohrloch in der Wand zu vergrößern, damit sie das Kabel austauschen können.

»*Nie, ona jest w pracy.*« Ich flüstere so leise wie nur irgend möglich, dass Mutter in der Arbeit ist.

»Ich kann dich nicht hören«, sagt Sylwia. »Ich muss unbedingt mit ihr reden. Ist sie in der Arbeit?«

Ich merke, dass der Kleinere plötzlich neben mir steht. Jetzt darf ich auf gar keinen Fall Polnisch reden.

»*Tak*«, sage ich.

Kurze Lektion in Polnisch: »Tak« heißt auf Polnisch »ja«. Es klingt nur fast wie das schwedische »tack«, »danke«, weshalb meine Freunde lange brauchten, um zu begreifen, dass ich mich *nicht* ständig bei meiner Mutter bedanke. Jetzt hoffe ich, dass Sylwia ein polnisches Ja und die Jungs von den Elektrizitätswerken ein schwedisches Danke gehört haben.

»Ich habe die wunderbarsten Neuigkeiten«, fährt Sylwia auf Polnisch fort.

»Entschuldige«, sagt der Kleinere. »Wo war noch mal der Sicherungskasten? Wir müssen an die Hauptsicherung.«

»*Tak*«, sage ich zu Sylwia mit der wahrscheinlich seltsamsten Betonung der Welt und zeige mit der rechten Hand in Richtung Flur.

»Du wirst nie glauben, was passiert ist«, sagt Sylwia. »Deine Mama muss *sofort* anrufen, wenn sie nach Hause kommt.«

»Okay«, sage ich so neutral wie möglich.

»Danke, Alicja«, sagt Sylwia.

»*Tak!*«, sage ich. Dann lege ich auf und denke, dass Zweisprachigkeit schon auch seine Vorteile hat.

Eine Lockenwicklerklammer hat sich gelöst, und der Lockenwickler baumelt neben meiner Wange, aber ich habe keine Zeit, ihn wieder zu befestigen. Ich habe immer noch Herzklopfen und muss mich trotzdem um die Jungs von den Elektrizitätswerken kümmern. Der Kleinere ist vom Sicherungskasten zurück, und als ich mich neben sie stelle, sehe ich etwas, was sie sicher auch schon gesehen haben: mehrere Dutzend Bierdosen, die in einer Zimmerecke stehen. Bei genauerem Hinsehen stehen sogar in allen vier Ecken der Küche Bierdosen.

»Was machen die denn da?«, sage ich. »Die muss Vater stehen gelassen haben. Wenn er abends nach Hause kommt, schaut er sich gern an, was ich tagsüber so gemacht habe.«

Es kommt mir so vor, als würden die Lockenwickler auf meinem Kopf von Minute zu Minute schwerer. Ich finde eine große Plastiktasche und beginne, die Bierdosen einzusammeln.

»Oh, oh, der hat wieder ganz schön Durst gehabt!«, sage ich und stelle die volle Tasche so beiseite, dass man sie nicht sieht.

Mir schlägt das Herz immer schneller. Jetzt werden sie nicht nur glauben, dass ich eine Art hyperaktive Pippi Langstrumpf bin, sondern auch noch schwere Alkoholikerin.

Sie flüstern miteinander. Dann klopft mir der Kleinere auf die Schulter.

»Mein Vater hat auch gesoffen«, sagt er. »Ich weiß, wie beschissen das ist.«

Ich nicke, ohne etwas zu sagen.

»Dafür muss man sich nicht schämen«, fährt er fort. »Übrigens gibt es Leute, mit denen du darüber reden kannst, wenn es dir zu viel wird.«

Ich senke den Kopf, wobei sich noch mehr Lockenwickler lösen.

»Ich bin schon bei einem Psychologen«, sage ich und versuche so traurig und schüchtern wie möglich zu klingen. »Erik Antonsson-Rosing. In Ystad.«

Der Kleinere tappt mir wieder auf die Schulter.

»Das ist gut«, sagt er. »Aber lass deinen Vater nicht mehr bohren oder im Garten graben, sonst kann es noch richtig böse enden.«

»*Tak*«, sage ich auf Schwedischpolnisch.

Nach einer halben Stunde haben die Jungs von den Elektrizitätswerken das Kabel ausgetauscht und sind endlich weg. Pan Maciej kommt und sagt, Pan Bogusław habe beschlossen, sich für den Rest des Tages auszuruhen. Ich gehe in mein Zimmer und mache die Lockenwickler ab, die meine Haare leider doch nur in ein paar wenig aufregende Wellen gelegt haben.

Dann geht mir auf, dass ich eine geschlagene halbe Stunde nicht an Ola Olsson gedacht habe, und ich nehme mir vor, nicht zu vergessen, dass Mutter unbedingt Sylwia anrufen soll.

18

Der Schulanfang rückt immer näher und damit ein Problem, das ich seit *Ales Stenar* verdrängt habe: Natalie. Ich habe eine meiner beiden besten Freundinnen verraten und bin mit dem Jungen zusammen, in den sie verliebt ist.

Was hat eigentlich Judas getan, um seinen Verrat an Jesus wiedergutzumachen? Nachdem ich eine Stunde in Vaters alter Bibel gelesen habe, weiß ich, dass Judas das Geld zurückgeben wollte, das er für den Verrat bekommen hatte. Außerdem hat er sich danach erhängt. Ola Olsson zurückzugeben und danach Selbstmord zu begehen war nicht gerade das, worauf ich spekuliert hatte. Lieber wäre mir gewesen, wenn Gott und Jesus dem Verräter Judas im wahren christlichen Geist verziehen hätten. Natürlich hätte er ihnen sagen müssen, dass es ihm sehr, sehr, sehr leidtut, was er getan hat, aber danach hätte für den Rest der Geschichte bitte Friede, Freude, Eierkuchen sein können.

Als Ola mich morgens anruft, schlägt er vor, dass wir bei dem tollen Wetter zum Strand radeln.

»Zum Strand?«, sage ich.

»Du weißt schon: das Sandige zwischen uns und dem Meer.«

»Aber ... aber da sind ja ein Haufen Leute«, sage ich.

»Ja, ich weiß, es ist vollkommen verrückt«, sagt Ola. »Was meinst du, ob sie es bei der Zeitung schon wissen?«

»Ich meine, können wir uns nicht einfach wieder bei dir treffen?«

»Meine Mutter ist heute den ganzen Tag zu Hause«, sagt Ola. »Außerdem sollten wir's ausnutzen, dass die Schule noch nicht angefangen hat. Sei kein Frosch! Sonne und Strand – vielleicht ist es für dieses Jahr unsere letzte Chance.«

Ich gehe auf den Vorschlag mit dem Strand erst ein, als Ola mir verspricht, dass wir nicht an den überlaufenen Strand von Sandhammaren gehen, sondern nach Backåkra fahren.

In meinen Fahrradkorb packe ich ein Handtuch, eine Sonnenbrille, eine Flasche Wasser, einen Apfel und ein paar Brote mit polnischem Schinken, die Mutter mir aufgezwungen hat. Den Bikini trage ich schon unter dem T-Shirt und den Shorts, und ich setze den größten Strohhut auf, den ich an der Flurgarderobe finden kann.

Auf der Straße, die sowohl nach Backåkra als auch nach Sandhammaren führt, mache ich mich so klein wie möglich. Ich versuche zu schrumpfen, bis ich praktisch mit dem Fahrrad verschmelze. Alles nur, damit keiner mich bemerkt. Besser gesagt, damit keiner merkt, dass ich mit Ola Olsson zum Strand radle.

Und die ganze Zeit richte ich ein stilles Gebet an die Götter. Es ist das Gebet eines halbpolnischen Mädchens, das diesen Sommer schon genug mitgemacht hat, es möge niemand aus seiner Schule ausgerechnet heute Lust zum Schwimmen haben und insbesondere keine Lust, es ausgerechnet in Backåkra zu tun. Da die Straße keinen eigenen Fahrradweg besitzt, jagen die Autos schrecklich nah an uns vorbei.

»Alicja, pass auf!«, ruft Ola hinter mir, als mich ein rotes Auto fast überfährt.

»Okay«, sage ich und zwinge mich, die Krempe des Strohhuts vorne hochzuklappen und den Kopf so weit über dem Lenker zu halten, dass ich die Straße wenigstens halbwegs sehen kann.

Ich trete wie wild in die Pedale und entspanne mich erst, als wir endlich in den Waldweg einbiegen, der zum Strand von Backåkra führt. In dem Wald aus Birken und Kiefern ist es trotz der Augusthitze angenehm kühl.

Am Strand stellen wir unsere Räder im hohen Gras am Wegrand ab. Der Parkplatz ist schon voller Autos, eine Großfamilie lädt gerade Liegestühle, Sonnenschirme, Badebälle, Windsegel, Kühltaschen und eine Tonne buntes Sandspielzeug aus ihrem großen Auto. Eines der Kinder der Familie ist ein kleines dunkelhaariges Mädchen, das aus China oder Vietnam stammen und adoptiert sein muss. Es lässt mich an Marie denken, was mich an Natalie denken lässt.

»Sollen wir nicht lieber in den Wald gehen?«, schlage ich vor. »Einen Spaziergang machen?«

»Wie bitte? Wir sind doch keine Rentner«, sagt Ola und zieht die Turnschuhe aus, bevor er in Richtung Strand losrennt.

Mit schweren, eines Rentners würdigen Schritten und gesenktem Kopf folge ich ihm. Ich setze auch noch die Sonnenbrille auf und hoffe, dass sie in Kombination mit dem großen Strohhut mein Gesicht hinreichend verbirgt.

»Wo sollen wir uns hinlegen?«, fragt Ola, der schon mit den Füßen im Wasser war.

So nah beim Parkplatz liegen die Familien mit kleinen Kindern, darum schlage ich einen etwas ruhigeren Platz am Ende des Strands vor. Wir müssen ein paar Zweige wegräumen, bevor wir unsere Handtücher ausbreiten können. Der Sand ist so warm, dass er mir, als ich die Sandalen ausziehe, unter den Füßen brennt.

»Komm, wir gehen schwimmen!«

»Nein, vielleicht später«, sage ich.

Ola sieht erst ein bisschen enttäuscht aus, aber dann sprintet er in Richtung Wasser und wirft sich mit einem lauten Freudenschrei hinein. Ich lege mich auf den Bauch und vergrabe den ganzen Kopf unter dem Strohhut. Als Ola vom Schwimmen zurückkommt, küsst er mich auf die Schulter, was dazu führt, dass kalte Wassertropfen auf meine Haut fallen. Mit einem zufriedenen Seufzer legt er sich neben mich.

»Und? Kommst du irgendwann da unten raus?«

Ich brummle die Antwort ins Handtuch.

»Was hast du gesagt?«

»Ich kann nicht«, wiederhole ich. »Natalie.«

»Was?«

»Nicht was, sondern wer«, sage ich. »Natalie. Meine Freundin Natalie.«

»Was ist mit ihr?«

Ich setze mich hin, um zu sehen, ob Ola Olsson zu scherzen beliebt oder nicht.

»Weißt du's denn nicht? Hast du wirklich nicht gemerkt, wie verknallt sie in dich ist?«

Er schüttelt den Kopf.

»Ganz ehrlich? Du hast nie begriffen, wie sehr sie dich mag?«, wiederhole ich. »So oft, wie sie mit dir geredet hat? Seht ihr Jungs so was nicht?«

»Ich dachte immer nur, dass sie nett ist«, sagt Ola. »Nicht mein Typ, aber nett. *Du* bist mein Typ.«

Er rollt sich plötzlich näher an mich heran und legt seine Arme um mich. Sie sind immer noch nass und eiskalt, und trotzdem wird mir ganz warm von seiner Berührung. Schwer, jetzt noch an etwas anderes zu denken.

»Aber verstehst du nicht, wie traurig sie wäre, wenn sie uns zusammen sehen würde«, sage ich nach einer Weile.

Ola antwortet nicht und schnippt nur einen Käfer weg, der auf seinem Handtuch gelandet ist.

»Sie mag dich seit einer Ewigkeit, und jetzt das.«

»Alicja, ich will deiner Freundin nicht wehtun oder so, aber so ist das Leben manchmal. Ich will nur mit dir zusammen sein, und von mir aus kann es die ganze Schule wissen.«

Trotzdem liege ich für den Rest des Strandausflugs mit dem Strohhut auf dem Kopf auf dem Bauch, bis ich auf dem Rücken und der Rückseite der Beine einen solchen Sonnenbrand habe, dass wir nach Hause müssen.

Als Natalie am nächsten Tag anruft und fragt, ob ich zu ihr kommen will, fällt mir keine Ausrede ein, und wir verabreden, dass wir uns später am Tag bei ihr treffen.

Eine halbe Stunde bevor es Zeit ist, nach Ystad zu fahren, schlendere ich in Mutters und Vaters Schlafzimmer, wo Mutter gerade Vaters Hemden bügelt. Ich lasse mich aufs Bett fallen.

»Wärst du mit Vater zusammengekommen, wenn Halina ihn gemocht hätte?«, frage ich.

»Vater hätte Halina nie gemocht«, sagt Mutter. »Sie hat sich immer wie eine Vogelscheuche gekleidet.«

Mutter besprüht das Hemd auf dem Bügelbrett mit Wasser.

»Aber *wenn* sie ihn gemocht hätte, wärst du dann trotzdem mit ihm zusammengekommen?«

»Hättest du lieber Halina als Mutter? Du siehst doch, wie sie Jerzy auf die Nerven geht. Kein Wunder, dass der Mann so ein Fleischklops geworden ist. Davon, was sie mit deinem Cousin Marek angestellt hat, ganz zu schweigen.«

»Was hat sie denn mit Marek gemacht?«

»Ihn nach Strich und Faden verwöhnt, damit er genauso ein Fleischklops wird wie sein Vater.«

Mir wird klar, dass ich hier nur Antworten auf meine Frage finden würde, wenn ich es mit Leuten zu tun hätte, aus denen früher oder später Fleischklopse werden. Ich gebe auf. Während Mutter das Hemd bügelt, ziehe ich an einem losen Faden des Bettüberwurfs.

»Wenn du jemanden magst, magst du ihn, und Punkt«, sagt Mutter plötzlich.

»Aber wenn eine andere diesen Jemand auch mag, was dann?«

Mutter führt das Bügeleisen vorsichtig über den Kragen.

»Magst du ihn?«

»Ja.«

»Mag er dich?«

»Ja.«

»Mag er deine Freundin?«

»Nein, nicht so.«

»Da hast du deine Antwort. Das Leben ist kurz. Hab Spaß!«

Der Faden löst sich vom Überwurf.

»Aber verrate ich dann nicht die Freundin?«

»Ach, sie wird es schon verstehen.«

Stille. Alles, was man noch hört, sind die zischenden Luftströme, die beim Bügeln entstehen.

»Wie benimmt sich so ein Fleischklops eigentlich?«

»Wie Jerzy.«

19

Bei Natalie zu Hause ist es wie gewöhnlich blitzsauber. Sie lebt eindeutig in einer anderen Welt. Einer Welt mit perfekten Weihnachts- und zauberhaften Mittsommerfesten und Geburtstagsständchen am Bett. Bei uns zu Hause ist der Tag im August, an dem man vergorenen Hering isst, die einzige schwedische Tradition, die Mutter hundertprozentig übernommen hat. Sie bleibt dabei nur meistens allein, weil selbst mein Vater den Verzehr des ekligen Stinkefischs verweigert.

Marie ist schon da und geht gerade Natalies Musikkassetten durch. Sie sieht ungewöhnlich fröhlich aus, als sie von den schrecklich verwöhnten Stockholmer Sommergästen erzählt, die am Kiosk von Sandhammaren bei ihr einkaufen. Und dann kommt's und schlägt ein wie eine Bombe: Sie ist mit einem Jungen aus Kristianstad zusammen. Es folgen mehrere Stunden, in denen sie uns alles haarklein auseinandersetzt, von ihrer ersten Begegnung, als er ein Softeis mit Tuttifrutti-Streuseln gekauft hat, bis zum langen Telefongespräch vom vorherigen Abend. Ich habe Marie noch nie so vor Glück strahlen sehen, und dass sie so viel zu erzählen hat, ist mir nur recht.

»Aber habt ihr schon gehört …«, sagt Natalie, als Marie irgendwann doch nichts mehr zu erzählen hat.

»Was denn?«

»Ola Olsson ist mit jemand zusammen!« Natalies Gesicht verdüstert sich.

»Nein, du Ärmste!«, sagt Marie, die ihre gewohnte Rolle der Stillen plötzlich so gar nicht mehr spielt. »Und wer ist es?«

»Ich weiß es nicht. Aber wer immer sie ist, sie ist eine verdammte Hure.«

Marie und ich werfen uns einen schnellen Blick zu, weil wir Natalie noch nie haben fluchen hören. Es hört sich mindestens so falsch an, als ließe der Weihnachtsmann einen krachenden Furz, bevor er sich die nächste Linie Kokain einpfeift.

»Und woher weißt du, dass sie zusammen sind?«, fragt Marie.

»Annelie hat sie zusammen am Strand gesehen«, sagt Natalie. »Sie soll irgendeinen idiotisch großen Hut aufgehabt haben.«

»Ist sie denn sicher, dass es Ola war?«, frage ich und könnte nicht sagen, was mich mehr ärgert: dass Annelie uns gesehen hat oder dass sie meinen Strohhut idiotisch findet.

»Ganz sicher.«

»Aber wenn Ola sie mag, kann sie doch eigentlich gar nicht so schlimm sein«, versuche ich es.

»Aber er gehört *mir*!«

»Wenn es das Schicksal gewollt hätte, dass ihr zusammenkommen sollt, meinst du nicht, dann wäre es auch passiert?«

»Das Scheißschicksal ist mir egal. Verdammte Höllenkackscheiße, es tut so weh!«

Das waren so viele Flüche in so kurzer Zeit, dass ich Mutters Theorie, Natalie werde es schon verstehen, getrost vergessen kann.

»Wenn sie an unserer Schule ist, müssen wir sie fertigmachen, bis sie reif für die Klapse ist«, fährt Natalie fort.

»Die stellen wir auf null, ich versprech's dir«, sagt Marie und umarmt Natalie, während ich mich frage, wann genau sich die Persönlichkeiten meiner zwei besten Freundinnen dermaßen verändert haben.

»Müssen wir sie gleich fertigmachen?«, frage ich mit schwacher Stimme. »Vielleicht gibt es ja noch was anderes, was wir versuchen können.«

»Wie zum Beispiel ihre Schulbücher die Toilette runterspülen?«, bricht es aus Marie heraus.

»Und immer so tun, als würde es nach Scheiße riechen, wenn sie auftaucht?«, sagt Natalie. »Alicja, du bist ein Genie!«

Sie umarmt mich vollkommen begeistert.

»Jetzt geht's mir schon besser – Zeit für *Gyllene Tider*!« Natalie springt auf und beginnt, die auf dem Bett liegenden Kassetten zu durchwühlen. »*Ich* darf diesmal den Song aussuchen!«

Es wird *Freundin eines Freunds* und passt zu gut, als dass es sich um einen Zufall handeln könnte. Heißt das, Natalie weiß, wer Ola Olssons Freundin ist? Aber warum sagt sie dann nichts, sondern spielt dieses makabre Spiel mit mir? Ich tue trotzdem so, als wäre nichts, und schlüpfe in meine Per-Gessle-Rolle.

Natalie spult die Kassette vor zum richtigen Song und spielt die bekannten ersten Gitarrentöne.

»*Ich bin hier*«, singe ich, »*kannst du mich sehn?*
Ich bin hier, kannst du mich sehn, mein Herz?
Will nicht die Augen schließen und verletzen,
Will dich nur an mich drücken, so wie jetzt.«

Dann bin ich schon beim Refrain.

»Du bist die Freundin eines Freunds,
Und ein Freund vertraut dem Freund.«

»Ah-ah«, singen Natalie und Marie.

»Die Freundin eines Freunds,
Er weiß nicht, was ich fühle.«

Zum ersten Mal spüre ich Gessles Kummer und Schmerz. Ich bin verblüfft, wie es ihm gelungen ist, exakt meine Gefühle in Worte zu fassen. Außer dass bei ihm ein Mann so leiden muss natürlich. Wenn ich so was könnte, hätte ich den Text glatt selbst schreiben können.

Und als der Song zu Ende ist, weiß ich, dass ich so nicht weitermachen kann.

»*Ich* bin's«, sage ich.

»Was bist du?«, fragt Natalie und legt die Luftgitarre weg.

»Ich bin Ola Olssons neue Freundin.«

Niemand rührt sich oder sagt etwas.

»Seit wann seid ihr zusammen?«, fragt schließlich Marie.

»Es hat vor ein, zwei Wochen angefangen. Natalie, es tut mir so schrecklich leid. Bitte verzeih mir! Ich weiß, wie schlimm das ist, was ich gemacht habe.«

Wir stehen immer noch wie drei Statuen.

»Natalie, es ist einfach passiert. Glaub mir! Ich wollte dich nie hintergehen. Bitte, bitte vergib mir!«

Von mir aus könnte Natalie ihre ganze Wut an mir auslassen oder mir sämtliche Schimpfwörter der Welt an den Kopf werfen – alles wäre besser als das, was sie jetzt tut. Sie setzt sich einfach aufs Bett und fängt an zu weinen. Es ist das herzzerreißende Weinen von jemandem, dessen großer Traum soeben wie eine Seifenblase zerplatzt ist.

Marie setzt sich zu ihr und legt vorsichtig den Arm um sie. Ich dagegen stehe da und frage mich, ob das jetzt die richtige Gelegenheit wäre, mir meinen Judasstrick zu besorgen.

Nach einer Weile setze ich mich auch neben Natalie.

»Bitte geh!«, sagt sie durch die Hände, die ihr Gesicht bedecken. »Geh einfach! Geh weg von hier!«

Ohne etwas zu sagen, nehme ich meine Jacke und gehe.

Im Bus nach Hause lehne ich den Kopf gegen das Fenster und schaue hinaus. Sobald ich die Augen schließe, schießen mir derart düstere Gedanken in den Kopf, dass ich die Augen offen halten muss. Viele Felder sind schon abgeerntet. Der Sommer ist fast um.

Als ich nach Hause komme, erwarten mich Neuigkeiten.

»Sylwia hat gerade angerufen«, sagt Mutter.

O nein, ich hab ihr doch vergessen zu sagen, dass sie Sylwia anrufen soll. Meine sehr verehrten Damen und Herren, die Gewinnerin der Preise für die schlechteste Freundin *und* die schlechteste Nachrichtenüberbringerin des Jahres steht hiermit fest!

»Evert und Sylwia werden heiraten!«, sagt Mutter fröhlich.

»Was?«

»Schon in einer Woche, nächsten Samstag. Sie waren schon auf den Ämtern und alles.«

»Aber … aber warum so schnell? Sollten sie sich nicht erst mal kennenlernen oder so?«

»Sylwia sagt, sie wollen es hinter sich haben, bis Evert die Zwiebelernte einbringen muss und Celestyna mit der Schule anfängt. Außerdem braucht Sylwia so schnell wie möglich eine Aufenthaltserlaubnis.«

Ich setze mich. Mutter klopft ein Stück Fleisch unter einer Klarsichtfolie platt. Der Hammer, den sie dazu benutzt, hinterlässt ein quadratisches Muster auf dem Fleisch. Wir benutzen immer noch das Wohnzimmer als Küche, obwohl Pan Bogusław hoch und heilig versprochen hatte, bis gestern fertig zu sein.

»Ich habe ihr gesagt, dass wir bei der Hochzeit natürlich so gut wir können helfen«, fährt Mutter Fleisch klopfend fort. »Ich bin für das Essen zuständig.«

»Du ... das Essen?«

»Alicja«, sagt Mutter mit einem warnenden Unterton. »Nur schade, dass Vater das Fest um ein paar Tage verpassen wird. Ich frage mich, was Sylwia als Brautkleid anziehen soll. Oh, und den Rundruf muss ich auch noch machen. Man muss es doch allen erzählen ...«

Ich stapfe in mein Zimmer und schließe die Tür hinter einer Welt, die mit einem Schlag vollkommen verkehrt geworden ist. Nicht mal der Gedanke an Ola, als er sagte, dass er nur aufblüht, wenn ich da bin, tröstet mich. Ich habe gegen alle Regeln im großen Buch der Freundschaft verstoßen, habe eine meiner beiden besten Freundinnen zum Weinen gebracht, und irgendwo auf einem Bauernhof bei Simrishamn lockt eine verrückte Polin einen armen unschuldigen schwedischen Bauern in ihr Spinnennetz. Meine Gedanken sind ein einziges Durcheinander von baumelnden Sündern, Fleischklopsen, Freundinnen von Freunden und Hochzeiten.

20

Ich verbringe eine schlaflose Nacht mit dem Versuch, mir Lösungen für alles zu überlegen, was in meinem Leben falsch läuft. Soll ich wegen Natalie mit Ola Olsson Schluss machen? Soll ich wegen Ola Olsson meine und Natalies Freundschaft aufs Spiel setzen? Soll ich akzeptieren, dass Sylwia Evert heiratet? Werden die polnischen Handwerker je fertig werden? Nehmen sie bei der Fremdenlegion sechzehnjährige Mädchen, und wenn ja, soll ich hin und eine neue Identität annehmen? Um halb vier in der Nacht fällt mir endlich die Antwort auf all meine Fragen ein, und ich schreibe sie schnell auf einen Zettel.

Am nächsten Morgen wache ich schon um Viertel nach sieben davon auf, dass Pan Bogusław in der Küche auf etwas Metallisches einhämmert. Der Himmel draußen ist grau und schwer. Ich strecke die Hand nach dem Zettel aus, auf dem ich die Antwort auf meine Fragen notiert habe. Auf dem Zettel steht:

AUFHÖREN

Aufhören? *Womit* aufhören? Was habe ich damit gemeint?

Eine Nanosekunde lang glaube ich mich an den Gedanken hinter der Notiz zu erinnern, aber dann ist alles wieder weg.

Enttäuscht knülle ich den Zettel zusammen. Es ist traurig, dass mein nächtliches Hirn mir nichts Besseres anzubieten hatte. Ich hatte auf einen Rat gehofft, eine Handlungsanweisung: Wirf frisch gemahlenen Pfeffer nach einer Krähe und tanze einen Jitterbug, dann wird sich alles wieder einrenken – so was in der Art. Dann höre ich, wie unten das Telefon klingelt und Mutter drangeht. Kurz darauf kommt sie in mein Zimmer gestürmt.

»Zieh dich an, wir müssen sofort los!«, sagt sie.

»Wieso denn?«, frage ich.

Aber Mutter ist schon wieder aus der Tür. Ich ziehe mich hastig an und renne nach unten. Die rote Warnlampe in meinem Kopf ist längst an. Draußen höre ich den Olvo hupen. Mutter ist schon rückwärts vom Hof gefahren.

»Komm endlich!«, schreit sie durchs heruntergelassene Autofenster. »Wir müssen uns beeilen!«

Für den August ist der Himmel tatsächlich ungewohnt wolkenverhangen und grau. Während ich zum Auto hetze, spüre ich erste Regentropfen auf meiner Haut.

»Wo wollen wir denn hin?«, frage ich, nachdem ich mich im fahrenden Auto angeschnallt habe.

Mutter hat in weniger als einer Minute zweimal gegen geltende Verkehrsregeln verstoßen, das bedeutet nichts Gutes. Ich hatte noch nicht mal Zeit, mir die Schuhe zuzubinden.

»Wir müssen nach Trelleborg«, antwortet Mutter.

Die rote Warnlampe blinkt auf vollen Touren.

»Nach Trelleborg?«

»Wir treffen den Cousin eines Mannes, den ich gestern auf der Polizeiwache gedolmetscht habe. Er hat gerade angerufen.«

»Und warum?«

Mutter biegt in die übergeordnete Straße, ohne am Stopp-schild anzuhalten. Verstöße gegen geltende Verkehrsregeln bis hierher: 3.

»Er kann nur noch eine halbe Stunde in Trelleborg blei-ben. Wenn der Zoll herausbekommt, dass er zu lange am selben Ort gewesen ist, können sie ihm verbieten, wieder nach Schweden einzureisen. Sie haben ihn schon im Visier. Wir müssen uns wirklich beeilen!«

Von fern hört man ein leises Gewittergrollen, und Mutter schaltet die Scheibenwischer ein. Der Regen ist stärker gewor-den. Ich muss an meinen Zettel denken. Vielleicht fällt mir doch noch ein, was AUFHÖREN bedeuten soll. WOMIT auf-hören? Mit dem Denken, dem Essen, dem Zur-Schule-Gehen? Damit, dass man polnische Verwandte hat? Dann fällt mir die Hochzeit ein und wie falsch sie ist.

»Das mit der Hochzeit von Evert und Sylwia …«, beginne ich. »Glaubst du, Evert hat schon begriffen, dass Sylwia und Celestyna komplett durchgeknallt sind? Dass das alles nie funktionieren wird? Wo soll die Hochzeit überhaupt statt-finden?«

»Bei uns, wo sonst.«

Für die kurze Sekunde, bis das, was Mutter gesagt hat, bei mir ankommt, steht das Universum still.

»Wie …? … Bei … uns …? … Nein …«, ist alles, was ich danach herausbringe. Ich habe plötzlich Schwierigkeiten mit dem Atmen.

»Sie können es sich nicht leisten, ein Restaurant zu mieten, und Sylwia sagt, Everts Bauernhof ist viel zu düster, um dort Hochzeit zu feiern«, sagt Mutter.

Ich spüre, wie meine Fähigkeit zu sprechen wiederkehrt.

»Du hast gesagt, dass wir ihnen helfen, nicht dass wir die ganze Hochzeit organisieren! Und dass sie wieder bei uns einfallen!«

»Sei nicht so schwierig, Sylwia und Celestyna sind doch gar nicht so schlimm.«

Ich. Traue. Meinen. Ohren. Nicht.

»Entschuldigung? In welcher Parallelwelt lebst du eigentlich? Hast du vergessen, was alles passiert ist?«, bricht es aus mir heraus. »Celestyna ist vielleicht erst dreizehn und kommt aus schwierigen Familienverhältnissen, aber sie ist eine komplette Psychopathin. Erst klaut sie ein schweineteures Rad, dann spioniert sie wochenlang jemanden aus, mit dem sie noch nie ein Wort gewechselt hat, und am Ende pflügt sie einen ganzen Garten unter und verschenkt tote Tiere. Ganz davon zu schweigen, dass sie das alles auch noch in *meinen* Kleidern tut!«

Der Olvo überholt ein Auto nach dem anderen, und ich registriere, wie Mutter über die durchgezogene Mittellinie fährt. Verstöße gegen geltende Verkehrsregeln bis hierher: 4. Der Regen peitscht jetzt gegen die Scheiben.

»Du hast dich doch selbst die ganze Zeit über Sylwia beschwert, als sie noch bei uns gewohnt haben«, fahre ich fort. »Die Frau ist nicht normal, das sieht man schon daran, was sie anzieht! Muss ich dich daran erinnern, was in Vadstena passiert ist? Haben wir nicht schon genug für sie getan? Reicht es nicht, dass du ihnen geholfen hast, aus Polen wegzukommen? Wir haben sogar ihre bescheuerten Sachen aus Rumia abgeholt! Warum müssen ausgerechnet wir diesen Menschen helfen? Was heißt, ihnen helfen – es ist, als würde man Hitler und Stalin aus einem brennenden Haus retten!«

»Und woher willst du wissen, dass es nicht die glücklichste Ehe der Welt wird?«, sagt Mutter. »Hast du daran schon gedacht?«

Mir fallen tausend Argumente gegen diese gewagte These ein, ich habe nur das sichere Gefühl, dass Mutter kein einziges davon hören möchte. Der Regen nimmt jetzt tropische Dimensionen an.

»Und warum muss eigentlich ich mit nach Trelleborg kommen?«, frage ich. »Und nicht Rafał?«

»Er muss heute nach Malmö. Du musst mir helfen, den Treffpunkt zu finden. Schau mal auf der Karte, wo Stenyxegatan ist. Es muss irgendwo im Industriegebiet sein.«

Im Handschuhfach finde ich mehrere Packungen Papiertaschentücher, ein Handbuch für den Volvo 740 auf Deutsch, eine Dose Ananasbonbons in einem einzigen großen Klumpen, mindestens hundert alte Quittungen und ganz hinten eine Schwedenkarte. Der Sturm weht ein ums andere Mal das Auto aus der Spur, und der Regen prasselt aufs Dach, dass es klingt, als säßen wir in einer fahrenden Trommel.

Dann kommen wir in Trelleborg an, wo der stürmische Regen die Menschen von den Straßen vertrieben hat. Nur ein paar Hundebesitzer stehen geduldig neben ihren frierenden Lieblingen.

»Da nach links«, sage ich und zeige Mutter, dass sie in den Weg hinter einer großen grauen Lagerhalle einbiegen soll.

Der blöde Ausflug macht mich nervös, und dass Sylwias und Everts Hochzeit bei uns gefeiert werden soll, habe ich auch noch nicht verdaut.

Hinter der Lagerhalle steht ein blauer LKW mit polnischen Kennzeichen, auf der Plane steht »International Transport«.

»Er ist noch da«, sagt Mutter erleichtert.

Sobald der Fahrer den Olvo sieht, springt er aus dem Führerhaus, um die Türen zum Laderaum zu öffnen. Die ganze Welt ist eine einzige Regenbö. Trotzdem steigt Mutter aus, schüttelt dem Mann die Hand und überreicht ihm mehrere Geldscheine, die er schnell zählt, bevor er sie in die Gesäßtasche stopft. Dann winkt mir Mutter, dass ich helfen kommen soll. Ich steige aus, werde nass, und der Mann hält mir mit einem kurzen Nicken einen Karton entgegen. Der Karton ist schwer, und auf dem Weg zurück zum Olvo höre ich Flaschen klirren. Ich helfe Mutter, noch weitere sechs Kartons in den Olvo zu packen, bevor ich einen davon öffne und hineinschaue. Zwölf Flaschen *Wyborowa*-Wodka sehen mich unschuldig an.

»Das ist Schmuggelware«, sage ich, als Mutter sich wieder ins Auto setzt und wir davonfahren.

»*Wyborowa* ist der beste«, antwortet Mutter. »Leider haben sie seinen Cousin erwischt, aber zum Glück nicht den LKW.«

Als der polnische LKW uns überholt, winken Mutter und der Fahrer einander zu.

»Sein Cousin hat mir den Tipp gegeben«, fährt sie mit einem zufriedenen Lächeln fort. »Der LKW fährt jetzt bis nach Stockholm durch.«

»Und all das, damit du und Vater endlich Fulltime-Alkoholiker werden könnt?«, frage ich. »Oder soll Vallerup endlich seine lang ersehnte Wodka-Bar bekommen?«

»Dummerchen, es ist für die Hochzeit.«

Ich breite die Arme in einer Jetzt-versteh-ich-alles-und-noch-ein bisschen-mehr-Geste aus.

»Aber klar doch!«, sage ich. »Warum sollten wir sonst gegen zwanzigtausend geltende Verkehrsregeln verstoßen, durch ein lebensgefährliches Unwetter heizen und kriminelle Geschäfte mit polnischen Schmugglern machen? Schmuggler, mit denen du bei deiner Arbeit für die Polizei Kontakt aufgenommen hast! Aber das ist die Sache wert: Hauptsache, bei Sylwias und Everts Hochzeit ist genug Wodka da!«

»Keine polnische Hochzeit ohne Wodka, und ihn hier zu kaufen wäre viel zu teuer. Wenn du alt genug bist, um selbst im Alkoholladen einzukaufen, wirst du verstehen, was ich meine.«

»Wenn ich alt genug bin, um im Alkoholladen einzukaufen werde ich im Gefängnis sitzen – wegen Mittäterschaft!«

Mutter fährt jetzt in einem gemächlicheren Tempo.

»Halina hat von einer Hochzeit erzählt, bei der der Wodka ausgegangen ist«, sagt Mutter und schüttelt sich bei dem Gedanken. »Die Eltern der Braut können sich bis heute nicht mehr in der Öffentlichkeit zeigen.«

Der Regen hat jetzt aufgehört, und ein paar Sonnenstrahlen dringen durch die Wolkendecke. Für eine Weile rollen wir nur still dahin.

»Wenn es bei uns immer so weitergeht, kann ich nie Polizistin werden«, sage ich irgendwann verdrießlich.

»DU möchtest Polizistin werden?«, fragt Mutter mit einem herzlichen Lachen.

Ich schaue aufs graue Meer, damit Mutter nicht sieht, wie sehr ihre Frage und ihr Lachen mich verletzt haben.

»Weißt du, Alicja, es wäre besser für dich, wenn du nicht ganz so schwedisch sein wolltest. Lass dich auch mal gehen!«

242   Akzeptiere, dass es für eine polnische Hochzeit 84 Flaschen geschmuggelten Wodka braucht. Und dass du nie Polizistin werden kannst.

21

In den nächsten Tagen ist Aufräumen, Waschen, Schrubben, Staubwischen, Bügeln und Kochen wie noch nie angesagt. Von frühmorgens bis spätabends tun alle ihr Bestes, um Haus und Garten von einem chaotischen Müllplatz in ein strahlendes Schloss zu verwandeln. Nach einem Jahr werden endlich die Kisten auf der Treppe und im Flur ausgepackt und die Dinge darin am richtigen Platz verstaut, im Wohnzimmer stehen die Bücher in Reih und Glied, alle Fenster sind geputzt, alle Teppiche ausgeklopft, die Lampen abgestaubt, und die Spinnweben an der Decke verschwinden im Staubsauger. Mit vereinten Kräften haben Rafał und ich den Rasen gemäht, sämtliche Hecken und Sträucher gestutzt, Steine und abgebrochene Äste aus dem Weg geräumt, das Unkraut aus den Beeten gerupft und die Dachrinnen gesäubert. Ich habe sogar die hellgrüne Badewanne sauber geschrubbt.

Aber egal wie beschäftigt ich bin, das Bild der weinenden Natalie auf dem Bett geht mir nicht aus dem Kopf. Die Erinnerung an den Augenblick, als sie erfahren hat, dass Ola Olsson und ich zusammen sind, ist jedes Mal wie ein Schlag in die Magengrube. Irgendwann nehme ich all meinen Mut zusammen und rufe Marie an.

»Hallo, ich bin's«, sage ich, als sie sich meldet.

Ein paar Sekunden lang höre ich nur Stille.

»Hallo«, sagt Marie dann, und ich bin so dankbar, dass sie nicht aufgelegt hat, dass mir fast die Tränen kommen.

»Sind wir noch Freundinnen?«, frage ich, und jetzt kommen mir die Tränen wirklich.

Eine Welt ohne Natalie *und* ohne Marie ist so fürchterlich, dass ich sie mir nicht mal vorstellen mag.

»Natürlich«, sagt Marie.

»Bist du sicher?«, schniefe ich.

»Ja.«

»Aber was ich gemacht habe, war so schlimm!«

»Es zählt sicher nicht zu den klügsten Sachen, die du gemacht hast«, sagt Marie.

Da kein Taschentuch in der Nähe ist, muss ich mir die Tränen und den Rotz mit der Hand abwischen, bevor ich weiterreden kann.

»Wie geht's … Natalie?«

Jetzt ist Marie wieder still.

»Nicht so gut«, sagt sie schließlich.

»Glaubst du, sie …« Aber ich traue mich nicht, die Frage zu Ende zu bringen.

»Ich weiß es nicht«, sagt Marie. »Ich weiß es ehrlich nicht.«

Bevor ich mich traue, wieder aufzulegen, muss Marie mir noch zweimal versichern, dass wir weiter Freundinnen sind. Und als Marie sagt, dass sie alles tun wird, um Natalies und meine Freundschaft zu kitten, weiß ich, dass es auf der Erde Engel gibt.

»Tante Jadwiga und Klaus-Günter kommen auch zur Hochzeit«, teilt mir Mutter ein paar Tage vor dem Großereignis mit. Sie steht im Wohnzimmer am Tisch und knetet Piroggenteig, aber nicht den ersten. Wir haben schon viermal Riesenmengen von Piroggen gemacht, aber es müssen offenbar ein paar Tonnen sein, bevor es genug ist. Wenn bei einer polnischen Hochzeit der Wodka ausgeht, ist es eine Schande, wenn das Essen ausgeht, auch.

»Der mit der Bazillenphobie?«, frage ich.

Im Gegensatz zu Mutter sitze ich am Tisch. Mit einem Glas drücke ich runde Stücke aus dem ausgerollten Teig, auf die dann die Füllung aus Quark, gekochten Kartoffeln, gebratenen Zwiebeln, Salz und Pfeffer gehäuft wird. Die klebrige Mischung steht schon in einer Glasschüssel neben mir.

»Jadwiga sagt, es ist schon viel besser geworden«, sagt Mutter. »Neulich hätte er es geschafft, eine öffentliche Toilette zu benutzen, und wäre nicht in Ohnmacht gefallen.«

Dann kommt Rafał ins Wohnzimmer gestiefelt.

»Die Kühltruhe ist jetzt da«, sagt er, klaut einen Klacks Piroggenfüllung und stopft sie in den Mund, bevor ich dazu komme, ihm auf die Hand zu hauen.

Für das viele Essen hat sich Mutter eine zusätzliche Tiefkühltruhe vom Bauern Anders ausgeliehen.

»Er sagt, er muss sie nur vor September wiederhaben, weil dann das frisch geschlachtete Schwein reinkommt«, fährt Rafał fort und versucht, sich einen Nachschlag zu holen.

Diesmal lande ich einen Volltreffer mit dem Kochlöffel. Rafał zieht die Hand weg und schüttelt sie vor Schmerzen.

»Alicja, wo ist dein Adressbuch?«, fragt Mutter und hört einen Augenblick mit dem Kneten auf.

»In meinem Zimmer auf dem Schreibtisch«, sage ich.
»Wieso?«

»Weißt du, wofür die Kühltruhe auch groß genug wäre?«, fragt Rafał und macht noch einen Versuch, an die Füllung zu kommen. »Für geschlachtete Schwestern.«

»Nur so«, sagt Mutter und knetet weiter.

Diesmal verfehle ich Rafałs Hand um wenige Millimeter, und er stopft sich zufrieden einen zweiten Klacks Füllung in den Mund.

»Willst du nicht langsam auf dein norwegisches Boot verschwinden und ersaufen?«, frage ich.

»Nächste Woche«, sagt Rafał. »Nächste Woche bin ich vom Winde verweht.«

»Rafał, hör sofort auf, die Füllung aufzuessen!«, warnt ihn Mutter.

Bevor er aus dem Zimmer geht, streckt Rafał mir die Zunge heraus. Es sind immer noch kleine weiße Essensreste darauf zu sehen. Ein kleiner Stich in der Brust lässt mich begreifen, wie sehr ich ihn vermissen werde.

»Wir können uns am Wochenende leider nicht sehen«, sage ich Ola, als er anruft.

Ich will ihm nichts von der Hochzeit erzählen und ihn schon gar nicht dazu einladen, obwohl Mutter sagt, dass alle meine Freunde willkommen sind.

»Also sehen wir uns nicht vor Montag in der Schule?«, fragt er enttäuscht.

»Nein, leider nicht«, sage ich.

Die Schule. Die Frage, wie mein neues Schuljahr wohl

werden wird, macht mich ganz schwach. Am besten denke ich gar nicht daran.

»Alicja, es hat doch wohl nichts mit Natalie zu tun?«

»Nein, nein«, antworte ich mit einer halben Lüge. »Es geht nur einfach nicht an dem Wochenende.«

Wir sagen Tschüs, obwohl ich am liebsten immer weiter seine Stimme hören würde. Oder noch besser: den ganzen Weg zu ihrem Hof radeln und mich in seine braun gebrannten starken Arme werfen.

Am Tag vor der Hochzeit habe ich endlich Zeit für mein eigenes Zimmer. Ich wische gerade den Staub vom Fensterbrett, als plötzlich Mutter mit finsterer Miene in der Tür steht. In einer Hand hält sie ein winziges Stückchen Seife, in der anderen eine kaputte Tasse.

»Was ist das hier?«, fragt sie und hält beides in die Höhe.

»Ist das eine … rhetorische Frage?«, frage ich vorsichtig.

Mutter hält das Stückchen Seife und die Tasse noch ein bisschen mehr in meine Richtung.

»Es ist ein Stückchen Seife und eine kaputte Tasse«, sage ich schließlich.

»Und hast *du* sie weggeworfen?«, fragt Mutter wütend.

»Ich habe sie im Mülleimer gefunden.«

»Ja«, gestehe ich.

Ich hätte es besser wissen müssen. Wider besseres Wissen hatte ich gehofft, ich könnte in all dem Gemache und Geputze ein paar Dinge wegwerfen und Mutter würde es nicht merken, Dinge, die *normale* Menschen niemals behalten würden.

»Das hier ist eine noch absolut brauchbare Seife, und diese Tasse wollte ich nächstens reparieren«, sagt Mutter.

Ich spüre Wut in mir aufsteigen. Als wäre es nicht genug, dass morgen Sylwia und Miss-tote-Dachse-sind-ein-tolles-Geschenk-Piggy bei uns einfallen!

»Die Seife ist so klein und trocken, dass man keine Ameise mehr damit waschen könnte«, sage ich mit heiß glühenden Wangen. »Und gib zu, dass du nicht mal weißt, wo das fehlende Stück von der Tasse ist!«

Aber noch während ich mich zu verteidigen versuche, weiß ich, dass die Schlacht verloren ist.

243   Akzeptiere, dass man nichts wegwerfen darf. Niemals. Dies gilt vor allem für rostige Haken, kaputte Toaster, Schuhe ohne Sohlen, das Wachs geschmolzener Kerzen, Gummihandschuhe mit Löchern und uralte verkalkte Wasserhähne. Es gibt immer irgendeinen Verwandten in Polen, der das alles eines Tages wird brauchen oder reparieren können.

»Alicja, es ist …«, beginnt Mutter, aber in derselben Sekunde kommt Pan Bogusław ins Zimmer.

Er ist bleich, und seine Augen sind weit geöffnet.

»Pani Beata, Sie müssen nach unten kommen«, sagt er.

»Was ist passiert?«, fragt Mutter.

Aber Pan Bogusław ist schon wieder verschwunden.

Wir beschließen stillschweigend eine befristete Waffenruhe und gehen zusammen nach unten. Die polnischen Handwerker stehen in der Badezimmertür.

»Es ist fertig«, sagt Pan Maciej leise. »Wir sind fertig.«

Und er hat recht. Pan Maciej hat nichts weniger als ein

kleines Meisterwerk geschaffen. An der Decke hängen zierliche Lampen und geben ein warmes, gemütliches Licht. In einer Ecke steht eine weiße Badewanne mit verschnörkelten Beinen und großen klassischen Wasserhähnen. Wir haben jetzt zwei Waschbecken anstatt nur einem, was bedeutet, dass ich nie mehr Zahnpastakrieg mit Rafał führen muss. Aber mein persönlicher Favorit ist die Dusche mit Wänden aus gefrostetem Glas. Pan Maciej hat die Rückwand in mehreren verschiedenen Farben gefliest, es sieht aus, als rollten Wellen über die Wand, und es gibt eine Regendusche oben und eine kleine Handdusche unten. Es ist, als hätten wir eine eigene kleine Badelandschaft bekommen.

Pan Maciej steht schüchtern neben uns und sieht mit einem kleinen stolzen Lächeln zu Boden.

»Pan Maciej …«, ist alles, was Mutter herausbringt.

»Ist doch nicht der Rede wert«, sagt er.

»Kommt und schaut euch die Küche an!«, sagt Pan Bogusław ungeduldig.

Wir marschieren im Gänsemarsch in die Küche. Wo alles … wieder genauso aussieht wie vorher. Die alte Küche von vor der Renovierung ist zurück.

»Das ist …«, beginnt Mutter, und ich kann sehen, dass sie nicht weiß, wie sie den Satz beenden soll.

»Nichts zu danken. Es war das reinste Vergnügen«, sagt Pan Bogusław und wehrt mit den Händen ab, als wären Mutter und ich kurz davor, ihn zu umarmen und mit Küssen zu überschütten.

Als ich etwas genauer hinschaue, sehe ich trotz allem gewisse Veränderungen: Einer der Wasserhähne tropft langsam, aber stetig, die Türen der Küchenschränke sind falsch eingehängt, der Kühlschrank knackt, brummt und stöhnt, was er vorher nie getan hat, alle Fliesen sitzen leicht schief, und die Arbeitsplatte zeigt eine interessante Schräge. Egal: Wir haben wieder eine Küche.

Später am Abend fährt der dunkelblaue BMW von Tante Jadwiga und Klaus-Günter in den Hof. Statt die Fähre von Travemünde nach Trelleborg zu nehmen, sind sie mit dem Auto durch ganz Dänemark gefahren. Vom offenen Meer bekommt Klaus-Günter Ausschlag.

Wie sich später herausstellt, ist ihr Auto mit noch mehr Essen für die Hochzeit vollgestopft, dazu mit mehreren Kisten deutschem Wein und noch mehr Kästen Bier. Jadwiga, die etwas rundere Ausgabe von Mutter, nur mit einer größeren Nase, steigt aus und winkt fröhlich mit der Hand.

»Das Fest kann losgehen!«, ruft sie.

Klaus-Günter kontrolliert erst noch einmal, ob die Handbremse angezogen ist, bevor er aussteigt. Man würde schwerlich einen akkurateren Schnurrbart finden als seinen, und über seinen kahlen Schädel sind fünf abgezirkelte Haarsträhnen gekämmt.

»Alicja, *kochana*«, sagt Jadwiga, nachdem sie mich lange umarmt und dreimal auf die Wangen geküsst hat. »Deine Haut sieht schon viel besser aus. Hast du sie mit Urin behandelt, wie ich dir empfohlen habe?«

»Vielleicht«, murmle ich.

»Ihr Zukünftiger hat ihr so rosige Wangen verpasst«, sagt Mutter. »Ein fescher Kerl.«

Meine rosigen Wangen werden noch rosiger, als ich begreife, dass Mutter schon die ganze Zeit über mich und Ola Olsson Bescheid gewusst haben muss.

»Er ist nicht mein Zukünftiger!«

Mutter und Jadwiga werfen einander bedeutsame Blicke zu, bevor beide loslachen und ins Haus gehen.

»Er ist nicht mein Zukünftiger«, wiederhole ich.

Aber der Einzige, der mich hört, ist Klaus-Günter, der ein Reinigungstuch herausgeholt hat und sich damit wie wild die Hände reibt.

22

Und dann ist Samstag, die Hochzeit, und von Anfang an geht alles schief.

»Der polnische Priester aus Malmö kann nicht kommen«, sagt Mutter und legt den Hörer auf.

»Warum denn nicht?«, fragt Jadwiga, die mit Lockenwicklern auf dem Kopf hart gekochte Eier schält.

Weil in unserer neu-alten Küche nur zwei Platten funktionieren und auch die nur lauwarm werden, hat Jadwiga Stunden gebraucht, um genügend Eier für den obligatorischen Berg polnischen Salat zu kochen. Ich weiß nicht, wie viel Gläser Mayonnaise ich schon in den Pamp aus Eiern, Möhren, Kartoffeln, Zwiebeln, Erbsen, grünen Äpfeln, eingelegten Gurken und Senf habe verschwinden sehen. Trotzdem bin ich dankbar, dass Jadwiga das Kochen übernommen hat.

»Er ist ausgerutscht, als er heute Morgen aus der Dusche steigen wollte, und wartet immer noch auf den Arzt.« Mutter seufzt. »Und was sollen wir jetzt machen? Wir brauchen doch einen Priester.«

»Die offizielle Eheschließung findet doch sowieso im Rathaus von Ystad statt«, sage ich mit einem spitzen Messer in der Hand, das ich von allen Seiten mustere. Ich soll das Silberbesteck putzen – eine gute Gelegenheit, mir die geeignetste Mordwaffe für Celestyna auszusuchen. »Wozu brauchen sie dann eigentlich noch einen polnischen Priester?«

Ich möchte immer noch lieber verdrängen, dass ich Sylwia und Celestyna in wenigen Stunden begegnen werde. Dass ich den kompletten Samstag und überhaupt mein letztes Ferienwochenende damit verbringen werde, ausgerechnet *ihnen* ein Fest zu organisieren.

»Du weißt doch, wie religiös Sylwia ist«, sagt Mutter. »Der Priester ist wichtig, auch wenn es nur eine symbolische Zeremonie im Garten sein wird.«

»Wenn Sylwia wirklich so religiös ist«, kontere ich, »sollte es ihr dann nicht was ausmachen, dass sie schon zum dritten Mal heiratet? Ist das für Katholiken nicht sogar verboten?« Ich nehme einen kleinen Löffel in die Hand und beginne ihn mit dem Silberputztuch zu bearbeiten. »Das Ganze ist doch sowieso nur ein Mummenschanz. Genauso gut könnte sie Sixten, der Trinker, trauen.«

Mutter sieht mich mit großen Augen an.

»Du hast recht! Pan Maciej! Pan Maciej kann sie trauen! Er liest ja immer in der Bibel!«

Dann stürzt sie hinaus, um den Priester zu suchen, der nur noch nicht weiß, dass er Priester ist. Es dauert, aber nach zähem Protest vonseiten Pan Maciejs und noch zäherem Insistieren vonseiten Mutters gibt der arme Mann schließlich auf und erklärt sich bereit, die Trauungszeremonie durchzuführen. Mit betrübter Miene verzieht er sich in die Garage, um nach der passenden Bibelstelle zu suchen.

Ein paar Stunden später beginnt Mutter zu nerven, dass endlich alle ihre Festtagskleider anziehen und sich abfahrbereit machen sollen. Widerwillig schlüpfe ich in mein blaues Sommerkleid und meine hübschen Sandalen. Als ich danach in den Garten trete, muss ich tief Luft holen. So launisch das Wetter den ganzen Sommer über war, ausgerechnet dieser Samstag verspricht ein perfekter Sommertag zu werden. Nur ein paar Wattewolken sind am Himmel zu sehen, die Sonne strahlt, und ausnahmsweise ist es sogar windstill. Zitronenfalter flattern um die Lavendelblüten, und über den Baumwipfeln tanzen Schwalben.

Die hufeisenförmige Hochzeitstafel ist mit weißen Tischdecken und feinem Porzellan eingedeckt, die Gläser und das Silberbesteck funkeln in der Sonne. Zwischen den Apfelbäumen, wo die Trauungszeremonie stattfinden soll, hat Rafał einen weißen Baldachin aufgespannt, und die Stühle sind mit weißen Schleifen geschmückt. Die Bar – ein Tisch – ist mit so viel Alkohol ausgestattet, dass Sixten, wäre er eingeladen, sich im Himmel wähnen würde. Auf einem anderen Tisch stehen unter sauberen weißen Geschirrtüchern die Speisen, die nicht aufgewärmt oder gekühlt werden müssen. Kurzum, wir sind auf alles vorbereitet.

»Hallo«, sagt Marie, die plötzlich neben mir steht.

Ich zucke zusammen, als ich sie und Natalie sehe. Sie tragen beide ihre besten Kleider, und Marie hat ihre Haare zu einem schön geschwungenen Knoten aufgesteckt. Natalie sieht mich nicht an, sondern schaut mit verschränkten Armen zu Boden.

»Hallo …«, sage ich. »Was …?«

»Deine Mutter hat uns eingeladen«, sagt Marie. »Wir sollen beim Servieren helfen.«

Aha. Deshalb hat Mutter vor ein paar Tagen nach meinem Adressbuch gefragt. Diese falsche Schlange! Von allen Menschen, die sie hätte fragen können, hat sie ausgerechnet meine beiden Freundinnen gefragt. Oder vielmehr eine Freundin und eine Exfreundin. Will sie mich unbedingt in den Wahnsinn treiben?

»Ja, natürlich«, bekomme ich gerade noch heraus. »Danke, dass ihr kommen konntet. Ich muss nur schnell was holen …«

Ich verstecke mich hinter der Garage. Vielleicht finde ich dort auch das Grab, das Mutter mir höchstwahrscheinlich schon geschaufelt hat. Nein! Nein! Nein! Natalie ist der letzte Mensch, den ich heute sehen will! Abgesehen von Sylwia und Celestyna, versteht sich. Frustriert zertrete ich einen von den weißen Pilzen, die hinter der Garage im Gras wachsen, und er geht in tausend Stücke.

»Alicja, wo bist du?«, höre ich Mutter nach mir rufen. »Sie kommen!«

Ich hole dreimal tief Atem, pople nach einem Stück Pilz, das sich zwischen meinen Zehen festgesetzt hat, dann gehe ich zurück zu den anderen, die alle schon zum Tor schauen. Ich muss zugeben, dass Rafał gut aussieht. Er hat ausnahmsweise geduscht und sich für etwas Festlicheres als die üblichen Shorts mit T-Shirt entschieden. So ähnelt er schon fast einem Menschen. Jadwiga und Mutter tragen beide lange bunte Kleider, und Klaus-Günter trägt erstaunlicherweise sogar einen Frack, der ihn wie einen ernsten kleinen Dirigenten aussehen lässt. Dann sehe ich, dass Pan Bogusław sich einen von Vaters Anzügen hat ausleihen dürfen. Er spannt nur ein bisschen an den Schultern und über dem Bauch. Pan Maciej ist der Einzige, der nicht zu sehen ist.

»Alicja, komm jetzt!«

Ich nähere mich der kleinen Gruppe, sehe aber zu, dass ich so weit wie möglich von Marie und Natalie entfernt stehe.

»Beata, hast du Brot und Salz?«

»Sie kommen!«

Im selben Moment traben zwei dunkelbraune Pferde vor einer weißen Kutsche durchs Tor. Der Anblick ist so schön, so unerwartet und bizarr, dass alle wie verhext stumm dastehen und sich nicht rühren. Ein fescher Kutscher mit Hut und in Uniform zügelt gekonnt die Pferde, deren kastanienbraunes Fell in der Sonne glänzt. Auf dem Kopf tragen sie einen großen weißen Federbusch.

In der Kutsche sitzen Sylwia und Evert und lächeln von einem Ohr zum andern. Wenn Evert nicht ein paar Zähne fehlen und sich Sylwias Augen nicht so weit aus den Höhlen wölben würden, hätte ich sie kaum wiedererkannt. Evert trägt einen dunklen Anzug mit grauer Fliege, Sylwia ein großes weißes Ballkleid, das wie ein Barbie-Abendkleid in Menschengröße aussieht.

Der Kutscher springt jetzt vom Bock und öffnet die kleine Seitentür, damit Evert der Braut aus der Kutsche helfen kann. Sylwias Kleid ist so ausladend, dass sie es zum Aussteigen vorne zusammenraffen muss. Als der Kutscher das Türchen hinter ihnen schließt, macht er eine halbe Körperdrehung und sieht mich mit einem breiten Lächeln an.

Es ist Ola Olsson.

Ich bin so erschüttert, dass ich es nicht einmal schaffe zurückzulächeln. Stattdessen drehe ich mich um zu Mutter.

»Was macht *er* denn hier?«, flüstere ich, weil ich Angst habe, dass ich sonst schreie.

»Es ist polnische Sitte, dass das Brautpaar in einer weißen Limousine oder einer Kutsche kommt«, sagt Mutter. »Wen hätte ich denn sonst fragen sollen? Und dass er den Kutscher macht, hat er von sich aus angeboten. Außerdem ist auch noch alles umsonst.«

Ich bekomme endgültig keine Luft mehr. *Ich* bin hier. *Natalie* ist hier. Und *Ola Olsson* ist hier.

»Und warum hast du Natalie ...«

Aber bevor ich die Frage zu Ende bringen kann, sind Jadwiga und Mutter zum Brautpaar gestürzt, um ihnen Roggenbrot, eine Tüte Salz und ein Glas Wein zu überreichen. Dann legt Jadwiga dem Bräutigam sogar ein goldenes Halsband um den Hals.

»Alicja, sag ihm, das macht man, weil junge Stiere an die Kette gelegt werden müssen«, sagt sie mit lautem Lachen. »Los, Alicja, übersetz es ihm!«

Das Letzte, wozu ich jetzt Lust habe, ist, irgendeinen blöden polnischen Spruch zu übersetzen. Evert weiß nicht recht, was er tun soll, aber dann bedankt er sich lächelnd auf Schwedisch.

Im selben Augenblick fährt ein cremefarbenes Auto auf den Hof, und mit drei älteren Herrschaften, zwei Männern und einer Frau, steigt auch Celestyna aus. Ich nehme an, die drei sind Verwandte von Evert, die bei der standesamtlichen Trauung im Rathaus dabei gewesen sind. Celestyna hat ein rosa Band im blonden Haar und trägt ein rosa Kleid. Eine riesengroße Schleife um ihre Taille lässt sie noch rundlicher aussehen. Das Bild eines rosigen Marzipanschweinchens mit Schleife wird leider von ihrer Miene zerstört, mit der sie Milch säuern könnte.

»Alle mir nach!«, ruft Mutter den Gästen erst auf Schwedisch und dann auf Polnisch zu. »Zeit für die polnische Trauungszeremonie!«

Kurz darauf stehen die Gäste vor den Apfelbäumen mit dem Baldachin. Sylwia und Evert stehen darunter. Everts Verwandte müssen die Hälse recken, damit sie sehen, wer die Zeremonie eigentlich abhält.

»Un' nu', was passiert nu'?«, höre ich die Frau in breitestem Skåne-Dialekt fragen.

»Die Polenseremonie, sacht sie doch«, antwortet der Mann neben ihr.

Für mich steht hundertprozentig fest, dass ich in einen Albtraum geraten bin. Ein paar Schritte hinter mir stehen Celestyna, Ola und Natalie. Ich – Celestyna – Ola – Natalie. Ich weiß nicht, wen von den dreien ich anschauen soll, und entscheide mich für die einfachste Lösung: Evert und Sylwia. Ohne einen schnellen Blick über die Schulter geht es allerdings auch nicht. Hinter mir starrt Celestyna Ola Olsson böse an, und Natalie schaut immer noch zu Boden, nur böser als vorhin und mit leicht geröteten Wangen. Ola steht bei den Pferden und versucht, Blickkontakt mit mir aufzunehmen, weshalb ich schnell wieder nach vorne schaue.

»Er kommt«, höre ich Mutter sagen. »Still jetzt!«

Aus der Garage kommt der frisch aus dem Ei geschlüpfte Priester Pan Maciej, der sein Bestes tut, um wie ein Priester auszusehen. Mutter hat ihm Vaters schwarzen Mantel ausgeliehen, der fast auf dem Boden schleift. Pan Maciej trägt ein weißes Halstuch, und seine dunklen Haare sind mit Wasser streng nach hinten gekämmt. Mit den Händen umkrampft er seine schwarze Bibel, und sein Schritt ist schleppend. Pan

Maciej bewegt sich so priesterhaft und würdig wie möglich in Richtung Baldachin, aber Vaters langer Mantel lässt ihn immer wieder straucheln.

»Der hat doch ein' im Tee?«, sagt die Frau mit dem Skåne-Dialekt vernehmlich.

Ich sehe, dass Sylwia mit einem verwirrten Gesichtsausdruck Mutters Blick sucht.

»Ist das nicht …?«, höre ich sie sagen, bevor Mutter noch einmal alle Gäste zur Ruhe ermahnt, obwohl sie in der Hauptsache Sylwia meint.

Pan Maciej hat inzwischen tatsächlich den Baldachin erreicht und schaut mit schüchternem Blick erst auf Evert und dann auf Sylwia. Als Evert, im Glauben, das jetzt tun zu sollen, niederknien will, zieht Sylwia ihn mit einem wütenden Ruck wieder hoch. Pan Maciej schlägt die Bibel auf und holt tief Luft.

»MeineLiebenlasstunseinanderliebendenndieLiebekommtvonGott …«, leiert Pan Maciej so schnell und leise herunter, dass ihn am ehesten noch eine Fledermaus verstehen könnte.

Sylwias Gesicht hat jetzt dieselbe Farbe angenommen wie Celestynas Kleid.

»Was ist das hier?«, schreit sie plötzlich auf Polnisch.

Pan Maciej verstummt und schaut in seine Bibel. Er sieht so leichenblass aus, als stünde er kurz vor einer Ohnmacht.

»Liebste?«, fragt Evert vorsichtig. Er versucht Sylwias Hand zu nehmen, aber sie zieht sie weg.

»Beata? Was ist das hier? Wo ist der richtige Priester?«

»Er konnte nicht kommen. Pan Maciej ist so nett, ihn zu vertreten. Es ist alles in Ordnung«, versucht Mutter Sylwia zu beruhigen.

»Pani Sylwia, *spokojnie, spokojnie*«, versucht es auch Pan Bogusław und macht einen Schritt nach vorn, falls sein Kumpel gleich Hilfe braucht. *Spokojnie* heißt »Ruhe«. »Priester ist Priester – Gott im Himmel weiß, dass Sie und Pan Evert es ernst meinen.«

Sogar Jadwiga versucht Sylwia zu beruhigen, aber die weigert sich, auch nur zuzuhören.

»Gott im Himmel weiß vor allem, dass das hier kein richtiger Priester ist!«, schreit sie hysterisch.

Ein winzig kleiner Teil von mir gibt sich der Schadenfreude hin, dass ausnahmsweise nicht ich unter einer von Mutters haarsträubenden Ideen leiden muss. Sie hätte wissen müssen, dass Sylwia, die zum Papst auf die Bühne stürmen wollte, sich nicht mit der Kopie eines Priesters begnügen würde.

»Alicja, sei nicht böse, dass ich gekommen bin!«, sagt Ola, der plötzlich neben mir steht.

Er versucht den Arm um mich zu legen, aber ich winde mich heraus.

»Nicht jetzt!«, zische ich und schaue in Panik zu Natalie und Celestyna, die uns beide böse anstarren.

»Die anderen sind mir nicht wichtig«, sagt Ola. »Nur du. Wann kapierst du das endlich?«

»Später!«, flehe ich. Ich spüre, wie Celestynas und Natalies Blicke uns durchbohren wie Strahlen aus Laserkanonen. »Können wir nicht später darüber reden?«

»Sylwia?«, fragt Evert, der immer noch nicht verstanden hat, was mit der Zeremonie nicht in Ordnung ist.

»*He works kitchen and toilet!*«, schreit Sylwia und zeigt auf Pan Maciej.

Evert und die schwedischen Gäste schauen leicht verwirrt. Warum sollte ein katholischer Priester wohl in der Küche und auf der Toilette arbeiten? Pan Maciej, der jetzt endgültig aussieht, als könnte er jeden Augenblick zu Boden sinken, will sich schon diskret zur Garage zurückziehen, als Mutter ihn am Kragen packt.

»Jetzt beruhigen wir uns erst mal alle!«, schreit sie auf Polnisch. »Pan Maciej, Sie bleiben, wo Sie sind! Und Sylwia, um Gottes willen, beruhige dich! Der polnische Priester konnte nicht kommen, da kann man nichts machen. Und weil das so ist, wirst du dich gefälligst mit der Zeremonie begnügen, die wir unter den Umständen auf die Beine stellen können! Aber erst entschuldigst du dich bei Pan Maciej. Und danach werden wir essen und trinken und feiern, dass du einen ehrlichen schwedischen Kerl wie Evert gefunden hast und nicht wieder eine hinter jedem Rock herlaufende versoffene Null!«

Mutters Ansprache und deren Ton scheinen eine beruhigende Wirkung auf Sylwia zu haben. Nach einem kurzen Zögern und einem ebenso kurzen wütenden Blick in Richtung Mutter stellt sich die Braut wieder neben ihren Bräutigam. Die Gäste schauen wieder respektvoll nach vorn, als hätte es Sylwias kleinen hysterischen Anfall nie gegeben. Die Erleichterung aller darüber, dass eine kleine Katastrophe gerade noch verhindert werden konnte, ist mit Händen zu greifen. Sylwia flüstert Pan Maciej etwas zu, und die Zeremonie kann weitergehen.

»MeineLiebenlasstunseinanderlieben …«, beginnt Pan Maciej noch einmal von vorn, und diesmal lässt man ihn seine Litanei herunterbeten bis zum Schluss.

Da Evert und Sylwia ihre Ringe schon tragen, endet die

Zeremonie mit dem Austausch von feuchten, nicht sehr appetitlichen Küssen zwischen den beiden und einem kollektiven Hurra auf das Brautpaar. Es wird geklatscht, dann bekommt jeder sein Glas Champagner oder Apfelzider, und wir gehen lächelnd zu Tisch. Das große Essen kann beginnen.

Und genau da bemerken wir, dass Celestyna wieder mal verschwunden ist.

23

Mein erster Gedanke ist, die Nachbarn zu warnen, dass sie ihre Blumenbeete abdecken und ihre Tiere wegschließen sollen, lebende ebenso wie tote. Mein zweiter Gedanke ist, dass Celestyna diesmal leichter zu finden sein wird, weil sie aussieht wie Barbapapa.

»Alle Männer hierher!«, ruft Pan Bogusław auf Polnisch, und tatsächlich versammeln sich sämtliche Männer um ihn, während er kleine Wassergläser bis zum Rand mit eiskaltem Wodka füllt. Auch Everts Bruder und Schwager, von denen ich inzwischen weiß, wer sie sind und dass sie Göte und Bertil heißen, sind dabei. Nur Bertil wirft noch einen schnellen Blick zu Everts Schwester namens Gun-Britt, um zu sehen, ob sie mitbekommen hat, worum es geht. Es folgt eine Kakofonie von »*Na zdrowie!*«, »Prost!« und Gläserklirren. Die Polen leeren ihre Gläser mit einem Zug, während Klaus-Günter, Göte und der Schwager Bertil es mit einem halben Glas gut sein lassen. Evert als faktischer Neupole leert sein Glas ganz, worauf sich sein Gesicht bis zum hohen Haaransatz dunkelrot färbt.

»Jetzt gibt es kein Zurück mehr, Kollege!«, sagt Pan Bogusław auf Polnisch und haut ihm auf den Rücken.

Ich stürze in die Küche, damit ich mit niemandem sprechen muss. Der Küchentisch bricht unter dem Essen, das darauf bereitsteht, fast zusammen. Ob ich mir einen Tunnel in den Berg von polnischem Salat graben und mich darin verstecken soll, bis alle nach Hause gegangen sind? Lange stehe ich da und starre auf den mayonnaisestrotzenden Pamp, dann spüre ich plötzlich, dass jemand mich am Arm berührt.

»Du siehst so toll aus«, sagt Ola.

In seiner dunkelblauen Kutscheruniform sieht er selbst aus wie ein Held aus einem romantischen Roman des neunzehnten Jahrhunderts. Ola Olsson. Meine erste Liebe. Gerade will ich ihm das Kompliment zurückgeben, als Natalie in die Küche kommt.

»Und was genau soll ich …«, beginnt sie und verstummt, als sie mich und Ola sieht.

Mit einer Kehrtwendung stürzt Natalie aus der Küche. Und ich weiß nicht mehr weiter. Das hier wird nie, nie, nie was werden! Und genau da habe ich eine Eingebung. Ich weiß die Lösung!

»Vielleicht sollten wir nicht miteinander reden«, sage ich entschlossen.

»Was?«

Ich packe Ola am Arm.

»Können wir nicht einfach einen Abend lang so tun, als würden wir uns nicht kennen? Dann muss auch niemand traurig sein«, sage ich, damit er versteht, was ich meine.

Ich kann nicht anders, aber bei dem Gedanken, dass es am Ende doch auf alles eine Antwort gibt, muss ich lächeln.

»Dann muss auch niemand traurig sein?«, wiederholt Ola.

»Genau«, sage ich, erleichtert, dass er mich verstanden hat. »Wir setzen uns einfach nicht nebeneinander, und wir halten auch nicht Händchen und so was.«

Für einen Augenblick sagen wir beide nichts. Draußen prosten sich die Männer wieder zu.

Und dann sagt Ola was. »Bist du krank im Kopf, oder was?«, sagt er mit einem Blick voller Unverständnis und Wut.

Mein Lächeln erstarrt.

»Und warum machen wir dann nicht gleich Schluss? Das wäre vielleicht das Einfachste für alle – auch für dich«, fährt er fort und stürmt aus der Küche.

Ich schaue wieder auf den polnischen Salat, der mir jetzt noch verlockender erscheint als zuvor. Vielleicht reicht es, wenn ich den Kopf hineinstecke. Meinen *kranken* Kopf, wie Ola meint. Von wegen Lösung! Ich hab's verpatzt.

Das darauffolgende Abendessen im Garten wird eine einzige lange Qual. Wir sind wie fünfzehn Puzzleteile, die nicht zusammenpassen.

»Un' was soll das nu' sein?«, höre ich Everts Schwester Gun-Britt fragen, während sie mit sauertöpfischer Miene im Essen stochert.

Hinter ihr steht Pan Bogusław auf einem wackligen Hocker und versucht, eine Lichterkette so zwischen die Bäume zu spannen, dass sie den ganzen Tisch beleuchtet. Was er dabei vor sich hin murmelt, versteht man nicht.

»Und was die Landwirtschaftspolitik der Regierung betrifft ...«, sagt Everts Bruder Göte laut zu Klaus-Günter aus Deutschland, der kein Wort Schwedisch versteht.

Marie und Natalie sitzen ein bisschen schüchtern nebeneinander und essen, seit Mutter sie nicht mehr zum Servieren braucht, Piroggen. Sylwia, die sich immer noch nicht ganz beruhigt hat, raucht zwei Zigaretten gleichzeitig, und Evert

sitzt daneben und wirft nervöse Blicke auf seine neue Ehe-
frau. Der Einzige, der wirklich in Feierlaune zu sein scheint,
ist Rafał, der fröhlich vor sich hin futtert und wahllos nach
links und rechts prostet, ohne jemand Speziellen dabei anzusehen.

»Sollten wir nicht Celestyna suchen?«, frage ich Mutter,
als wir uns zufällig in der Küche treffen, aber sie rennt schon
wieder in den Garten. Ihre einzige Sorge ist der nie versie-
gende Essensstrom.

»Alicja, geh und setz dich zu deinen Freunden!«, sagt
Mutter, als sie schon kurz darauf wieder in die Küche kommt.
»Jadwiga und ich können den Rest allein rausbringen.«

»Mir gefällt's hier besser«, sage ich wie der berühmte
kleine Stier unter der großen Korkeiche.

Jadwiga steht am Herd, dessen eine Platte doch noch heiß
genug geworden ist, und brät Koteletts. Ein ganzer Stapel
davon liegt schon goldbraun auf einer Platte.

»Wenn das so ist, übernimmst du die Koteletts«, sagt Mutter und gibt mir die Platte. »Und sieh zu, dass dieser Ola
gleich eins bekommt. Er hat schon danach gefragt.«

»Ola Olsson?«, frage ich in Panik.

»Nein, Ola aus dem kleinen Weiler in der Nähe von
Białystok«, sagt Mutter. »Ja, natürlich Ola! Wer denn sonst?«

»Bist du sicher, dass er nach …«, beginne ich, aber Mutter
schiebt mich mit den Koteletts aus der Küche.

Auf wackligen Beinen gehe ich die Treppe hinunter und in
Richtung Tisch. Die Koteletts vibrieren auf der Platte, die ich
in meinen zittrigen Händen halte. Ich überlege, ob ich damit
direkt zu Ola gehen oder sie einfach nur in seiner Nähe auf
den Tisch stellen und schnell wieder in der Küche verschwin-

den soll. Und dann schaut Ola zu mir her. Was ja wohl bedeutet, dass er wirklich nach den Koteletts gefragt hat. Hat er's womöglich getan, damit er noch mal mit mir reden kann?

Der selbst ernannte Zeremonienmeister des Fests, Pan Bogusław, klatscht wieder einmal in die Hände, um sich Aufmerksamkeit zu verschaffen.

»Meine Damen und Herren! *Ladies and men!* Finden Sie nicht, dass nun der Zeitpunkt für den traditionellen Kuss des jungen Brautpaars gekommen ist?«, sagt er und sorgt mit Rafałs Hilfe dafür, dass alle volle Wodkagläser haben.

Ich gehe zu dem Tisch, an dem Ola sitzt.

»Hier sind die Koteletts, nach denen du gefragt hast«, sage ich und hoffe, dass er mein Lächeln richtig versteht. Es soll sagen, dass ich ihm verzeihe und er zurückkommen darf.

Sogar Mutter und Jadwiga kommen aus der Küche geeilt und nehmen ihre Wodkagläser entgegen.

»Was für Koteletts?«, fragt Ola.

Mein Lächeln erlischt, und mir wird leicht übel. Meine Beine zittern noch ein bisschen mehr als ohnehin schon, während alle anderen sich erheben und dem Brautpaar zugewandt die Wodkagläser heben.

»*Gorzka, gorzka, gorzka...*«, ruft Pan Bogusław, das heißt »bitter« und soll bedeuten, dass die Hochzeitsgäste miese Laune bekommen, wenn das Brautpaar sich nicht endlich lange genug küsst.

Die frisch Vermählten wenden sich einander zu, und Sylwia nimmt Everts Kopf in die Hände, bevor sie ihre Lippen auf seine presst.

»Die Koteletts, nach denen du gefragt hast«, wiederhole ich schwach.

»*Gorzka, gorzka, gorzka, gorzka, gorzka…*«, rufen alle, die Polnisch können, bis man meinen könnte, es handle sich um ein etwas monotones Lied.

»Go-schga, go-schga, go-schga…«, ruft sogar Klaus-Günter.

Auch Göte und Bertil versuchen es, nur Gun-Britt hält sich die Ohren zu.

»Ich hab nicht nach Koteletts gefragt«, sagt Ola.

»Aber meine Mutter hat's doch…«, sage ich, bevor mir endlich ein Licht aufgeht.

244 Akzeptiere, dass… dass… dass du mit einer Platte Koteletts wie blöd zu… zu…

Evert und Sylwia küssen sich immer noch, weil die *Gorzka*-Rufe nicht aufhören, sondern nur immer lauter werden.

»*GORZKA!, GORZKA!, GORZKA!, GORZKA!*…«

»Es ist vielleicht das Beste, wenn ich gehe«, sagt Ola und steht auf.

»Die Lichter!«, ruft Pan Bogusław und rennt die Lichter-kette einschalten, für die er ein Verlängerungskabel zum Haus gelegt hat.

»Natürlich hast du nicht nach Koteletts gefragt«, murmle ich vor mich hin. Meine Gedanken werden gerade von dem Orkan fortgerissen, der in meinem Kopf zu wüten begonnen hat.

244 Akzeptiere, dass… nein, nein, nein… nicht mehr… ich kann nicht mehr… es ist zu viel… ich kann einfach nicht… ALL DAS MUSS ENDLICH AUFHÖREN… A-U-F-H-Ö-R-E-N!

Als Evert und Sylwia endlich ihren Marathonkuss beenden dürfen und alle ihr Glas auf sie leeren, hört man erst ein Zischen, dann explodiert die ganze Welt. 25 Glühbirnen platzen in einer ohrenbetäubenden Kaskade aus splitterndem Glas, Feuer und Rauch. Die Lichterkette brennt, und unser Garten wird von einem grellen Feuerwerk erleuchtet.

Für den Bruchteil einer Sekunde stehen alle wie versteinert, dann bricht das Chaos aus.

»Aaaaaaahhhhhhhhhhhhhhhhhhhhhhh!«, stimmt Gun-Britt ein Sirenengeheul an.

»Ft!«, macht es, als Göte den Wodka aus seinem vollen Mund in Richtung Klaus-Günter sprüht.

»Nein!«, schreit Klaus-Günter.

Alle springen gleichzeitig auf und werfen dabei Tische und Stühle um. Weingläser zerschellen auf dem Boden.

»Feuer! Feuer! Feuer!«, brüllt Bertil alle und niemanden an.

Ein paar Glühbirnen waren doch noch übrig, die zerplatzen jetzt und sprühen Funken wie riesengroße Wunderkerzen.

»Die Pferde!«, höre ich Ola sagen, dann sehe ich, wie er läuft, um die sich wiehernd aufbäumenden Tiere zu beruhigen.

»Aaaaaaahhhhhhhhhhhhhhhhhhhhhhh!«, tönt immer noch Gun-Britts Sirene.

»Was für ein Fest!«, höre ich Rafał lachen.

Und mittendrin stehe ich und tue das Einzige, was ich in dem Augenblick tun kann: Ich werfe mit Koteletts.

»Dämliche mörderische Busfahrer!«, schreie ich und werfe das erste Kotelett so heftig in Richtung der Birke, dass die knusprige Panade sich schon in der Luft von ihm löst. Endlich weiß ich, warum ich AUFHÖREN auf den Zettel geschrieben habe: Ich werde AUFHÖREN, alles einfach nur zu akzeptieren. Ich werde gar nichts mehr akzeptieren. Niemals.

Die hysterische Gun-Britt ist beim Versuch aufzustehen gestürzt und hat sich in der Tischdecke ihres Tisches verheddert, was ihr Sirenengeheul noch einmal anschwellen lässt. Als Bertil ihr helfen will, kommt er selbst zu Fall und greift nach der letzten Tischdecke des letzten noch stehenden Tisches der Hochzeitstafel. Mit einem Krachen zerschellt das Porzellan darauf.

»Hirnverbrannte Kinder- und Jugendpsychologen!«, schreie ich, und das nächste Kotelett fliegt durch die Luft.

Die Lichterkette ist an so vielen Stellen geschmolzen, dass sie komplett herunterfällt.

»Mickrige Papstbäumchen!« Das dritte Kotelett tritt seine luftige Reise an.

Aus dem Augenwinkel sehe ich, wie Pan Maciej in die Garage rennt und Rafał sich mit ausgebreiteten Armen vor dem Bartisch aufbaut, damit ihn niemand über den Haufen rennen kann.

»Vergammeltes altes Essen!« Das nächste Kotelett werfe ich mit solcher Wucht, dass es über die Hecke fliegt und auf dem Nachbargrundstück landet.

Jadwiga versucht vergebens, den ohnmächtig gewordenen Klaus-Günter zu wecken.

»Geschmuggelter Wodka!«

Diesmal fliegen zwei Koteletts gleichzeitig, und ich sehe wie eines davon um Haaresbreite Pan Maciej verfehlt, als er mit einem Stapel Woll- und Bettdecken aus der Garage kommt. Dann versucht jemand vergeblich, mich zu packen.

»Illegale Hand-wer-ker!« Vollkommen in Rage bemerke ich, dass alle Koteletts aufgebraucht sind, also nehme ich die Platte und schmeiße sie gegen die arme Birke.

Zum zweiten Mal versucht mich jemand zu packen, und diesmal will ich sehen, wer es ist, und drehe mich um.

»Was machst du da?«, übertönt Mutter das Inferno ringsum.

Ich zeige mit dem von Kotelettfett verschmierten Finger auf sie.

»DU! DU bist an allem schuld!«

»Alicja, was hast du?«

»Er wollte gar kein Kotelett. Du hast GELOGEN!«

Pan Maciej hat die Woll- und Bettdecken über die Lichterkette geworfen, und ein paar andere helfen ihm, die Flammen zu ersticken.

»Das weiß ich doch«, sagt Mutter. »Aber wie hätte ich euch sonst wieder zusammenbringen sollen?«

Der Orkan in meinem Kopf wütet immer noch so stark, dass ich kaum aufnehmen kann, was Mutter sagt.

»Und Natalie? Warum musstest du von allen Menschen auf der Welt ausgerechnet Natalie um Hilfe beim Servieren bitten?« Meine Stimme überschlägt sich fast.

»Aber Alicja, eigentlich haben wir doch gar keine Hilfe beim Servieren gebraucht«, sagt Mutter. »Ihr solltet nur die Chance haben, wieder Freundinnen zu werden, bevor die Schule anfängt.«

Ich kann immer noch nicht wirklich aufnehmen, was Mutter sagt.

»Und ... und ... es waren FRÖHLICHE STRICHMÄNN-CHEN!«, schreie ich und sehe selbst ein, dass ich den Orkan in mir besänftigen muss, wenn ich nicht in der Zwangsjacke abgeführt werden will.

»Fröhliche … *was?*«

Das Feuer ist endlich unter Kontrolle, und niemand springt mehr in Panik herum. Rafał und Pan Maciej ersticken die letzten Feuerfunken im Gras.

»Ich will nicht grenzlabil sein«, sage ich und spüre, wie mich eine unendliche Müdigkeit überkommt. Eine Müdigkeit, die so mächtig ist, dass ich kaum noch aufrecht stehen kann. »Ich mag nicht mehr … Ich möchte ein langweiliges Leben haben … als Vollschwede … ein Leben, in dem nichts passiert … mit richtigem Geschenkpapier … und … und …«

Mit der Müdigkeit kommen auch die Tränen, die ich aus großer Tiefe in mir aufsteigen spüre. Mutter kommt jetzt einen Schritt näher.

»… und ich will wirklich Polizistin werden!«, bekomme ich noch heraus, bevor die Tränen es geschafft haben und ich mich in einen schluchzenden, wackligen Klumpen Teig verwandle.

Mutter nimmt mich in die Arme und hält mich ganz fest, während sie mir übers Haar streicht.

»Natürlich kannst du Polizistin werden, wenn du möchtest«, sagt sie. »Meine Kinder dürfen werden, was sie wollen.«

Sie hält mich weiter fest, während ich hemmungslos in ihr schönes Kleid weine. Es riecht nach Wärme, Sicherheit und ein kleines bisschen nach verbranntem Essen.

24

Nach Pan Bogusławs sogar für ihn selbst überraschendem Feuerwerk wird es das beste Fest aller Zeiten.

»*Was ist passiert?*«, fragt Klaus-Günter, als er wieder zu sich kommt.

»*Nichts, Schatzi, nichts*«, antwortet Jadwiga, während sie seinen kahlen Scheitel mit Küsschen bedeckt.

Mutter läuft mit einem großen Glas Zider für Gun-Britt an den beiden vorbei.

»Trink das!«, sagt sie, und die dankbare Gun-Britt leert das Glas mit einem Zug und scheint sich auch gleich besser zu fühlen.

»Die Hälfte war Wodka«, flüstert Mutter mir zu, bevor sie sich kichernd entfernt.

Als alle Tische und Stühle wieder an ihrem Platz stehen, sammle ich, so gut es geht, das kaputte Geschirr und die kaputten Gläser ein. Und plötzlich wird mir bewusst, dass neben mir noch jemand in die Hocke gegangen ist, um mir zu helfen. Zufällig greifen unsere Hände nach demselben zersprungenen Teller. Es ist Natalie. Für einen kurzen Moment erstarren wir beide.

»Nimm du ihn«, sage ich. »Als Erinnerung an die schlimmste Hochzeit aller Zeiten.«

Natalie antwortet nicht.

»Oder wie wär's mit polnischem Salat?« Ich zeige auf ein glitschiges Häufchen.

»Nein, danke«, sagt Natalie, aber ich meine, den Anflug eines Lächelns in ihrem Gesicht zu erkennen.

»Bist du sicher? Schwedisches Gras macht ihn noch exquisiter«, sage ich.

Natalie antwortet nicht, aber jetzt ist das Lächeln nicht zu übersehen. Seite an Seite klauben wir die Reste des Essens von der Erde, und aus irgendeinem Grund fangen wir irgendwann an zu kichern. Der Anblick einer eingelegten Gurke in einem Wodkaglas ist es dann, der uns in solche Lachkrämpfe stürzt, dass wir uns an den Tisch setzen müssen. Ich lache, bis mir der Bauch wehtut, und ich spüre, wie sich der Orkan in mir in einer sanften Brise auflöst und plötzlich ganz verschwunden ist.

»Alicja, hilfst du mir, die Kerzen suchen?«, fragt Rafał, der schon auf dem Weg zum Haus ist. »Falls du mit dem Kotelettwerfen fertig bist, meine ich.«

Ich stehe auf und strecke ihm die Zunge heraus.

»Unsere Nervenheilanstaltspatientin«, sagt er und fährt mir mit den Fingern in die Haare.

»Selber Nervenheilanstaltspatient«, sage ich.

»Ich hätte die Koteletts tatsächlich lieber *gegessen*«, sagt er.

»Musst du wirklich nach Norwegen?«, frage ich, und wir bleiben beide stehen.

»*Äij'll bee bäck*«, sagt Rafał in Arnold Schwarzeneggers österreichischem Englisch.

Er zaust mir noch einmal die Haare, dann gehen wir die Kerzen suchen.

Als es dämmert, sitzen alle wieder um den Tisch. Wir haben keinen Strom, aber überall Kerzen mit ihrem milden, schönen Schein. Mutter und Jadwiga haben noch genügend Teller und Gläser gefunden. Dass nichts mehr zusammenpasst, spielt keine Rolle.

»Würstchen! Wer möchte noch deutsche Würstchen?«, ruft Rafał von dem Feuer, das er und Pan Maciej mitten im Hof gemacht haben, weil wir im Haus fürs Erste kein warmes Essen mehr kochen können.

»Ich! Ich!«, rufen mehrere Leute gleichzeitig und heben die Hand.

»Evert, ein Extrawürstchen vor der Hochzeitsnacht?«, fragt Rafał.

Aber Evert hört es gar nicht. Er und Sylwia sitzen wie zu Anfang auf dem Platz für das Brautpaar, nur sehen sie bei Kerzenlicht beide um Jahre jünger aus, und sie strahlen vor Glück. Gerade flüstert Evert etwas, was Sylwia zum Erröten bringt, und sie haut ihm lachend auf den Arm. Ich schaue sie an und denke, vielleicht hat Mutter ja recht. Wer sagt denn, dass es nicht die glücklichste Ehe der Welt wird?

Wenig später sehe ich eine einsame Gestalt durchs Tor treten. Es ist Celestyna. Sie kommt zu mir und will mir etwas Weißes geben, von dem ich erst nicht begreife, was es ist.

»Es ist für deinen Freund«, sagt sie. »Oder eigentlich für die Pferde.«

Jetzt erst sehe ich, dass das Weiße in ihren Händen ein großer Haufen Würfelzucker ist. Ich stehe auf und nehme das Geschenk vorsichtig entgegen.

»Leider ist er schon gegangen. *Mitsamt* den Pferden«, sage ich. »Und ich weiß auch nicht, ob er noch mein Freund ist. Aber es ist sehr lieb von dir.«

Celestyna verzieht erst das Gesicht, als sie hört, dass Ola nicht mehr da ist, aber dann zuckt sie mit den Achseln.

»Als Entschuldigung für alles. Sag's ihm, falls du ihn mal siehst.«

Dann geht Celestyna zu ihrem alten Platz und beginnt sich Essen auf einen Teller zu häufen, als wäre nichts passiert. Ich stehe noch eine Weile mit den Zuckerwürfeln in den Händen da, bevor ich in die Küche gehe, um sie in eine Schüssel zu legen. Als ich zurückkomme, steht gerade wieder der Zeremonienmeister auf.

»Jetzt ist es, *kurwa* – entschuldigen Sie den Ausdruck, Pani Beata –, an der Zeit zu tanzen«, sagt Pan Bogusław. »Das hier ist eine polnische Hochzeit, sage ich, oder etwa nicht?«

Wir brauchen nicht lange, bis wir den alten Kassettenrekorder herangeschafft haben, der auch mit Batterien funktioniert. Ein paar Kassetten mit polnischer Musik finden sich auch.

»Meine liebe Frau, darf ich um den ersten Tanz bitten?«, fordert Evert seine Sylwia auf.

Nachdem das Brautpaar den ersten Tanz allein getanzt hat, wird schnellere Musik gesucht, und alle dürfen auf die Tanzfläche.

»Meine lieben Freundinnen meiner kleinen Schwester, darf ich bitten?«, fragt Rafał und fordert Natalie und Marie gleichzeitig auf.

Kurz darauf höre ich meine beiden Freundinnen vor Begeisterung schreien. Rafał hat einen Tanz erfunden, bei dem er sie abwechselnd in die Luft wirft wie Pizzateig.

»*Pani Beato, czy Pani pozwoli?*«, fragt Pan Bogusław und streckt Mutter die Hand entgegen.

Mutter ergreift sie lachend, und es beginnt ein wilder Tanz

ums Feuer. Bei einem besonders gewagten Sprung platzt Vaters Hose vom Schritt bis hoch zum Gürtel, aber Pan Bogusław tanzt auch mit weithin sichtbarer heller Unterhose fröhlich weiter.

Dann steht wie aus dem Nichts mein Bruder Rafał vor mir.

»Hast du gedacht, du kannst kneifen?«, fragt er und wirft mich, bevor ich auch nur protestieren kann, über die Schulter.

Es wird getanzt, bis die Füße wehtun und der Schweiß in Strömen rinnt. Schuhe werden von den Füßen getreten, Jacken über Stuhllehnen gehängt, und jeder tanzt mit jedem. Irgendwann laufe ich nach oben in mein Zimmer und hole meine *Gyllene-Tider*-Kassette. *Du machst mich wild* heißt der Song, zu dem Natalie, Marie und ich tanzen wollen. Wir legen einander die Arme um die Schultern und schreien ihn heraus:

»Komm, halt mich fest, komm, tanz mit mir!
Komm, gib mir, gib mir, gib mir mehr!
Du machst mich wild, machst mich so wild,
Du machst mich wild, machst mich so wild!«

Selbst Gun-Britt ist nicht mehr ganz nüchtern und wagt ein Tänzchen mit Pan Bogusław, der sie im Kreis herumwirbelt, bis sie sich nicht auf den Beinen halten kann. Gun-Britt sitzt auf der Erde und hat einen Lachanfall, Gläser klirren, und Rafał stößt einen Juchzer aus. Über uns leuchten Millionen kleiner Sterne bei ihrem eigenen Himmelstanz.

Stunden danach ist es ruhiger geworden. Gun-Britt und Bertil sind schon vor einer ganzen Weile auf ihren Stühlen sitzend eingeschlafen, und niemand stört sich daran, wo sie sind. Jadwiga und die gar nicht mehr stille Marie sitzen beieinander und scheinen tief versunken in eine Diskussion, die sie in einem Mischmasch unterschiedlichster Sprachen führen.

»Weg da! Weg!«, protestiert Klaus-Günter gegen ein paar Insekten, die er mit der Serviette vom Tisch zu verjagen versucht.

Neben ihm sitzt Celestyna, stützt den Kopf in beide Hände und klappt ein ums andere Mal die müden Augenlider zu.

Pan Bogusław sitzt bei Göte und füllt unablässig ihre beiden Wodkagläser.

»Wir sind wie Brüder«, sagt er weinerlich und küsst, nachdem sie ihre Gläser geleert haben, Göte dreimal auf die Wangen.

Göte nickt und wischt sich seinerseits ein paar Tränen ab.

»Alle anderen Nationen trinken, um fröhlich zu werden«, sagt Mutter mit Blick auf die beiden. »Nur die Polen trinken, um traurig zu werden.«

Pan Maciej sitzt allein und schaut wehmütig in sein leeres Wodkaglas. Ich höre, dass er *Góralu czy ci nie żal* summt, ein Lied, das vom Heimweh nach Polen handelt.

»Hast du gesehen, wer auch hier ist?«, frage ich Mutter.

Sie schaut in die Richtung, in die ich zeige, und muss lachen.

Neben den schlafenden Gun-Britt und Bertil sitzt der Trinker Sixten. Er hat ein Wasserglas voll Wodka vor sich und kaut an einem mit Gras gewürzten Stück Kotelett.

»Lass ihn!«, sagt Mutter. »Er wird bestimmt nicht oft zu Festen eingeladen. Aber such vielleicht deinen Bruder, wir brauchen mehr Feuerholz. Es ist gleich Zeit für Kaffee.«

Ich gehe ins Haus, und als ich Rafał dort nicht finden kann, versuche ich es im Garten.

»Rafał! Rafał!«, rufe ich. Dann bleibe ich stehen und genieße die laue Nacht.

Die Frösche legen sich ins Zeug, und ich kann hören, dass sie im Rhythmus quaken. Fledermäuse flattern so schnell über mich hinweg, dass ich sie nur schemenhaft erkennen kann. Sie bleiben haarscharf außerhalb der Reichweite des Kerzenlichts und des ausgehenden Feuers.

»Rafał! Ra…«

Dann sehe ich sie: Zwischen der Birke und einer Gruppe Tannen. Rafał und Natalie, die sich wie besessen küssen. Ich höre ein Stöhnen, Saugen und Schmatzen, das ich lieber nicht hören würde.

»Uah…«, rutscht es mir heraus, bevor ich mich schnell umdrehe und verschwinde.

Sieh an, Rafał und Natalie. Ich kann mir nicht helfen, aber bei dem Gedanken an das neue Paar muss ich schmunzeln. Wird Natalie nicht traurig sein, wenn Rafał bald nach Norwegen geht? Was soll's, darüber kann man sich Gedanken machen, wenn es so weit ist. Was immer auch passiert, ich werde für Natalie da sein, wenn sie eine Schulter braucht, an der sie sich ausweinen kann.

»Er ist beschäftigt«, sage ich zu Mutter. »*Ich* kann Feuerholz holen.«

Als die Sonne aufgeht, erwachen alle wieder zum Leben. Nur der Trinker Sixten ist mit einem seligen Lächeln auf den

Lippen und zwei Flaschen Wodka in den Armen in der grünen Badewanne eingeschlafen.

»Da seid ihr ja«, sagt Mutter, als Rafał und Natalie auftauchen.

Mit geröteten Gesichtern kichern die beiden nur. Es sieht so aus, als könnten sie unmöglich die Hand des anderen loslassen.

»Ich wollte Natalie den Garten zeigen«, sagt Rafał.

»Das war lieb von dir«, sagt Mutter und wendet sich lächelnd wieder der kleinen Kochplatte zu, die Pan Maciej mithilfe eines Stromgenerators in Gang gebracht hat.

Genau da kommt unsere Nachbarin Nanna in den Garten gestürzt.

»Stellt euch vor, was passiert ist«, sagt sie. »Bei mir im Haus ist eingebrochen worden. Eingebrochen! Und wisst ihr, was das Komische ist: Die Diebe haben nur meinen Zucker mitgehen lassen. Habt ihr so was schon mal gehört?«

»Was für eine Geschichte!«, höre ich Mutter sagen. »Komm, setz dich, du brauchst erst mal was zu essen.«

Ohne Nannas Antwort abzuwarten, drückt Mutter sie auf einen Stuhl und stellt einen großen Teller vor sie hin.

Was mich betrifft, werde ich wieder die Elektrizitätswerke anrufen müssen. Aber nicht gleich. Und dann überlege ich, dass das, was ich auf den Zettel geschrieben habe, vielleicht noch etwas anderes bedeutet – nicht dass ich aufhören muss, alles zu akzeptieren, sondern dass ich aufhören sollte, andere Menschen ändern zu wollen.

»Alicja«, sagt jemand hinter mir.

Ich drehe mich um und sehe Ola Olsson. Er hat seine Kutscheruniform gegen Jeans und T-Shirt getauscht und ist mit dem Fahrrad gekommen.

»Ola Olsson«, sage ich und lächle.

Er lächelt zurück. Die Sonne strahlt schon durch die Bäume, es könnte noch ein schöner, warmer Tag werden.

»Alicja! Ola!«, ruft Mutter. »Kommt Suppe essen!«

Ich wende mich wieder Ola zu.

»Sollen wir zusammen polnische Suppe essen?«, frage ich.

»Unbedingt«, antwortet er.

Arm in Arm gehen Ola und ich zu den anderen.

dtv
Reihe Hanser

ISBN 978-3-423-**62450**-3
Auch als eBook erhältlich

Wie führt man ein menschenwürdiges Leben in einem totalitären Staat, der jede Lebensäußerung überwacht und kontrolliert?

Nominiert für den Deutschen Jugendliteraturpreis.

www.dtv-dasjungebuch.de

dtv
Reihe Hanser

Ute Wegmann
und die ganze Wahrheit
über Jungs und Mädchen

ISBN 978-3-423-**62379**-7

ISBN 978-3-423-**62468**-8
Auch als eBook erhältlich

Männlich, 15, planlos, sucht verzweifelt Durchblick! Die ganze Wahrheit über Fußball, Musik, Sex, Freundschaft und Verantwortung.

Ela und Kati sind beste Freundinnen und wollen als Modedesignerinnen die Welt erobern. Doch auf einmal mischt sich Anouk ein.

www.dtv-dasjungebuch.de